小学館文庫

みえない雲

グードルン・パウゼヴァング
高田ゆみ子　訳

小学館

何も知らなかったとはもう言えない

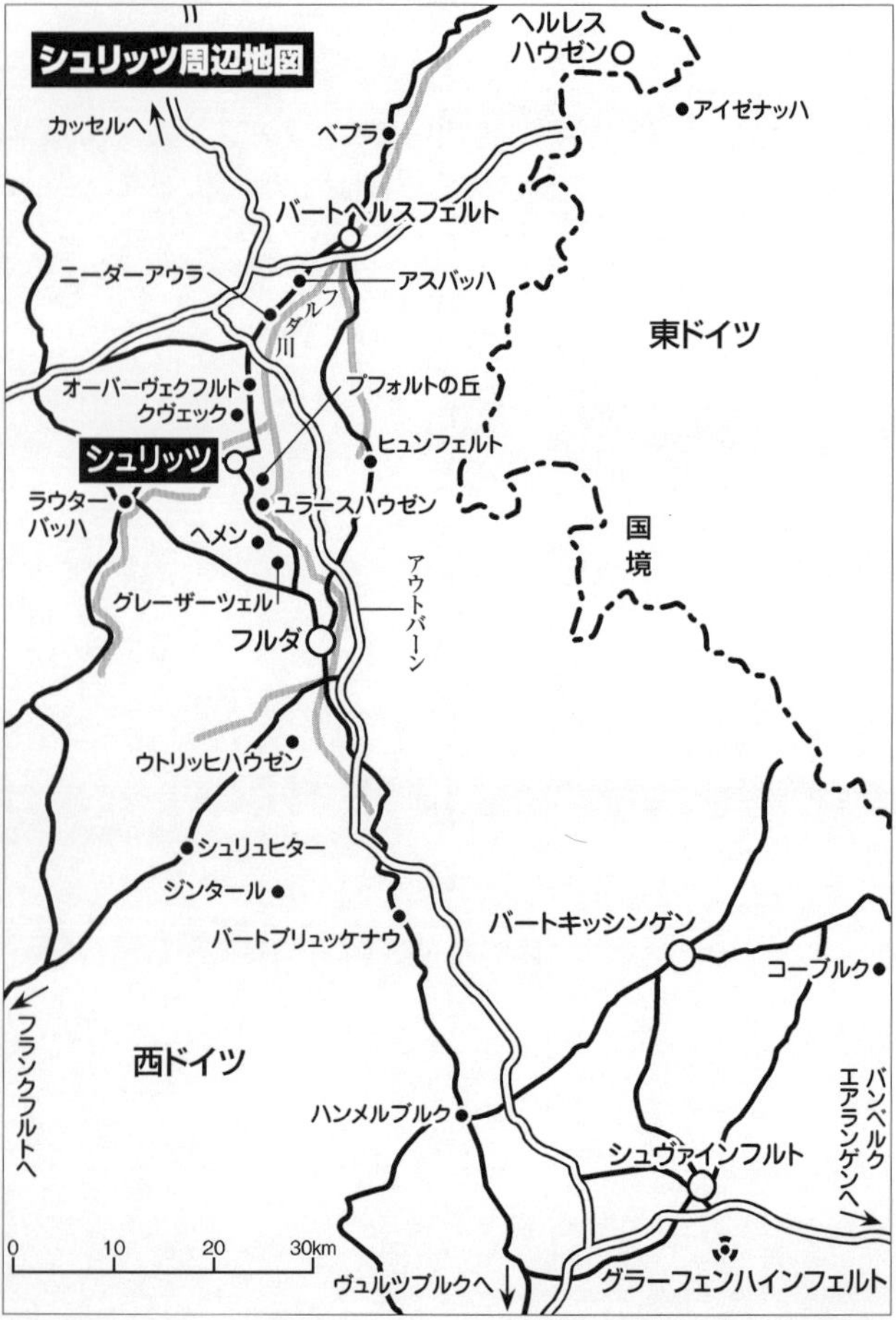

※地図は、1990年ドイツ統一以前のものです

目次

■この物語に登場する人々

ヤンナ-ベルタ――主人公。シュリッツに住む金髪の十四歳の少女。
ウリ――ヤンナ-ベルタの弟。小学二年生。
カイ――ヤンナ-ベルタの弟。二歳。
ベルタ――ヤンナ-ベルタの父方の祖母。
ハンス-ゲオルグ――ヤンナ-ベルタの父方の祖父。
ヨー――ヤンナ-ベルタの母方の祖母。看護師。
ヘルガ――ハンブルクに住む、ヤンナ-ベルタの父の姉。教師。
アルムート――ヤンナ-ベルタの母の妹。教師。
ラインハルト――アルムートの夫。教師。
パプス――ラインハルトの父。
エルマー――ヤンナ-ベルタのクラスの優等生。
イングリッド――ヤンナ-ベルタの友達。
ラルス――ヤンナ-ベルタの学校の上級生。
ティナ・ホフマン――ヤンナ-ベルタの小学校のときの同級生。
ホイブラー一家――バートヘルスフェルトへ行く途中で知り合った家族。
アイゼ――救急病院で同室となったトルコ人の少女。
テュネス――ケルンから看護のためにやってきた若者。
フリーメル夫妻――ヘルガの家に避難してきた、祖母ベルタの親戚。

1 突然サイレンが鳴り響いた

その金曜日は朝から強い風が吹いていた。ヤンナ＝ベルタは窓から吹き込む風に誘われるように、教室の外へ目をやった。風にそよいだ白樺《しらかば》の若葉が太陽の光を受けてキラキラ輝き、枝の影が中庭のアスファルトの上で揺れている。向かい側の校舎の屋根に、まるで雪のように桜の葉が降りそそいでいる。空は抜けるように青く、真っ白なちぎれ雲が綿のように浮かんでいた。五月にしては珍しく暖かい朝だった。空気も澄み、はるか遠くまで見渡せた。

突然サイレンが鳴り響いた。フランス語のベンツィヒ先生は次の課の説明をしていたが、ことばを中断してちらりと腕時計を見た。

「十一時九分前か」先生は言った。

「警報訓練にしては妙な時間だな。新聞には何も出ていなかったが」

「きっと*1ABC警報だよ！」クラスの優等生エルマーが大声で言った。

「いや、おそらく新聞の記事を読みすごしたんだろう。さあ、次に進もう」先生は言った。

しかしそのとき、スピーカーが割れるような音をたてた。クラス全員が教室の戸口の上にある小さな四角い箱を見あげた。聞こえてきたのは、いつもの秘書の女の人ではなく校長先生の声だった。

「たった今、ABC警報が発令されました。授業は中止します。生徒は全員ただちに家に帰りなさい」そのあとも校長先生の声は続いていたが、大きなどよめきにかき消されてしまった。みんなは窓に駆け寄って外のようすをうかがった。

「何があったのかしら？」仲良しのマイケがたずねた。ヤンナ＝ベルタは首を横に振った。彼女はすーっと手が冷たくなるのを感じていた。

何かが起こった。いったいなんなのだろう？　ヤンナ＝ベルタは弟のウリのことが気になった。

「とりあえず全員すぐに帰りなさい」ベンツィヒ先生は言った。

廊下のほうからいろんな音が聞こえてきた。悲鳴、パタパタ駆ける足音、ドアのバタンと閉まる音。

「いったい何があったんですか？」ヤンナ＝ベルタは先生にたずねた。

しかしベンツィヒ先生は肩をすくめて言った。

「私だってさっぱりわけがわからない。いいから急いで帰るんだ。でも、あわてちゃいかんよ」

「きっと大事件だ。命の危険にさらされるような」エルマーはそういいながら、努めて平静をよそおっていた。

しかしベンツィヒ先生は首を振りながら言った。

「そんなことはまだわからんよ」

だれかがドアを勢いよく開けると廊下に飛び出した。すると、ほかのみんなもあとに続いた。廊下はごったがえしていた。流れに逆らって右往左往している生徒もいた。ヤンナ－ベルタは隣のクラスのイングリッドがいるのを見つけた。イングリッドはローンの森のほうに住んでいる子だが、休み時間には彼女と一緒にいることが多かった。

イングリッドはヤンナ－ベルタに大声で言った。

「ウトリッヒハウゼン行きのバスはないの！　次のは一時間半もあとだから、家に電話して迎えにきてもらうわ」

しかし事務室の前には生徒たちが殺到していて、電話の順番が回ってくるまでずいぶん時間がかかりそうだった。ヤンナ－ベルタはイングリッドのそばへ行こうとしたが、階段のほうへ押し寄せる人波にはね返されて近づくことができない。ヤンナ－ベルタはマイケの腕をしっかりとつかんで、後ろから押されるようにして階段を一段ずつおりた。騒ぎはどんどん大きくなった。玄関前のホールでだれかが叫ぶ声が聞こえてきた。

「グラーフェンハインフェルトだ！　グラーフェンハインフェルトで事故があったんだ！」

ヤンナ－ベルタは驚いた。グラーフェンハインフェルトですって？　確か原子力発電所のあるところじゃなかったかしら？　校舎の外に出ると、小学五年生のチビっ子たちがあわてたように横を走り抜けていった。彼らは右左も見ずに通りを横切ったので、走ってきた車は急ブレーキでタイヤをきしませた。運転していた人はけたたましくクラクションを鳴らし、子どもたちをどなりつけた。その人はまだ何も知らないようだった。

ヤンナ－ベルタは横断歩道まで来ると、途方にくれた。

「私もバスがないわ」

「途中まで一緒に来れば？」マイケが言ったが、ヤンナ－ベルタは首を横に振った。

「じゃ、シュリッツまで歩いて帰るつもりなの？」

「両親は二人ともシュヴァインフルトへ行ってるの。パパは会合で、ママとカイはヨーおばあちゃんち。明日帰ってくることになってるんだけど。家ではウリが一人で待ってるからとにかく急いで帰らなきゃ」

そのとき、ラルスが通りかかった。ラルスはシュリッツに住んでいる上級生で、いつも車で学校に来ていた。ラルスは声をかけた。

「ヤンナ-ベルタ！　乗っていくかい？」

ヤンナ-ベルタはうなずくと、マイケにさよならを言い、大急ぎで車を追いかけた。

車には、やはりシュリッツから通っている男子生徒が三人乗っていた。みんな上級生だ。ヤンナ-ベルタが助手席に乗り込むと、シートベルトをつけ終わらないうちにラルスは車を発進させた。

「シートベルトなんてしなくていい。今日なら窓から足を突き出したってだれが気にするもんか。とくに警察はそれどころじゃないさ」とラルスは言った。

「急に家へ帰すなんて、きっとスーパーガウに違いない」後部座席の上級生が言った。

「こんちくしょう、カーラジオがこわれてる」ラルスはぼやいた。

スーパーガウ？　ヤンナ-ベルタは思い出した。ずっと前のことだったが、ソ連の原子力発電所で事故があったとき、みんながガウということばを口にしていた。それも何週間ものあいだ、いろんなところで聞かされた。

当時ヤンナ-ベルタはまだ小学生で、先生は「[*2]レム」や「[*3]ベクレル」や「放射線」などについて説明しようとしていたが、結局よくわからずじまいだった。彼女が唯一覚えたのはその原子力発電所の名前だけだった。それはチェルノブイリといった。

その後、空や地面、そしてどういうわけか雨も汚染されてしまったことを聞いた。だから、雨が降ると休憩時間に校庭に出てはいけないと言われた。それは納得できた。

しかし放課後、その毒の雨の中を家に帰りなさいと言われたことがあった。そのとき、ヤンナ−ベルタは校舎の外に出たくないと言いはって泣いた。だって、雨には毒があると先生は言ったじゃないか。仕方なく、近くの町に住んでいる先生が泣き続けるヤンナ−ベルタを車に乗せて家まで送ってくれた。帰ると祖母のベルタは「バカな子だね。雨は毒なんかじゃないよ。先生がでたらめを言ったんだよ」と言った。

ヤンナ−ベルタは今、十四歳。高等中学《ギムナジウム》の五年生になり、あのときよりももっといろんなことがわかるようになった。スーパーガウというのは、原子力発電所から放射能が人体に危険な量を超えてもれ出ることだ。そしてグラーフェンハインフェルトには原子力発電所があった。でも、ここからどのくらい離れているのだろう?

ラルスはマリーエン通りを通る近道をとった。そうすれば、四か所の信号を避けることができるのだ。まわりは閑静な高級住宅地だったが、その日はラルスのおんぼろ車の前にも三台の車が走り、ラルスだってすでに六十キロ以上のスピードで走っているのに、後ろからはひっきりなしにクラクションが聞こえていた。

後部座席の上級生たちは、グラーフェンハインフェルトの原子炉の型や、そのような原子炉ではどんなことが起こりうるかということについて議論を始めていた。「チェルノブイリ」「[*4]スリーマイル島」「燃料棒」「冷却水」「耐圧容器」というようなことばが何度も飛びかった。

この四人の上級生たちは原子力問題の専門家のように思えた。ヤンナ‐ベルタは物理にはそれほど興味はなかったが、原子力発電所が危険になりうるということぐらいは知っていた。

チェルノブイリ事故のあと、ヤンナ‐ベルタは何度か両親と一緒にデモに参加したことをよく覚えている。

あのときは両親と祖父母とのあいだで大げんかがあった。祖母のベルタと祖父のハンス‐ゲオルグは、今やもう原子力なしにはやっていけないと主張した。原子力は車やテレビと同じように現代生活の一部なんだ、チェルノブイリのような事故はドイツの原発では起こりえない、というのが彼らの意見だった。二人は、デモで何かを動かすことなんてできっこないし、デモなんて夢想家と過激派のお祭りのようなものだと言っていた。

祖父母はヤンナ‐ベルタの母をよく思っていなかった。息子はこの嫁のせいで、くだらないことを考えるようになったのだと思い込んでいた。

祖父は事あるごとに言っていた。

「私らはハルトムートを現実の上に立ったものの考え方ができるような人間に教育したつもりなのに、それがこのざまだ！」

マリーエン通りがニージガー通りに合流する所で車が渋滞していた。ふだんは渋滞するはずもない場所だった。

「見事なパニックだ」ラルスはたんたんとして言った。「みんなアウトバーンへ向かっているんだ」

ヤンナ－ベルタの両親は当時、原子力利用に反対する市民運動グループの結成メンバーだった。でもときの過ぎるうちに、チェルノブイリのことはほとんど忘れ去られてしまった。西ドイツの原子力発電所は特に大きな事故もなくそのまま操業を続け、市民グループの運動はいつの間にか活気を失ってしまっていた。

いつだったか父がこんなことを言っていた。

「チェルノブイリだけでは十分じゃないってことだよ。自分の国で何かが起こらなきゃ、みんなのお尻《しり》に火がつかないんだ」

ヤンナ－ベルタは、なぜグラーフェンハインフェルトという名が記憶に残っていたか思い出した。母はよく、グループの人たちとビラを配って回ってて、何度かその手伝いをしたことがあった。ビラには西ドイツにあるすべての原子力発電所の位置が示されていて、そのひとつがグラーフェンハインフェルトだった。ヤンナ－ベルタはそれがどこだったのかはっきりとは思い出せないのだが、いずれにせよそう遠くはないはずだった。

ウリはもう学校から帰っている頃だ。ヤンナ＝ベルタは落ち着かなかった。

彼女は車の窓を開けた。いたるところでシャッターが音をたて、人々が戸口からあたふたと出てくる。通りの反対側では女の人が子どもを腕に抱き、もう一人を引きずるようにして走っていた。窓が開き、猫が飛び出してきた。やっとのことで交差点を過ぎ、グレーザーツェルのほうに向かうと、向こうからやってくる車はほんの数えるほどになった。ラルスの車はどんどん追い越されたが、それでもグレーザーツェルに着く前にはかなりの車が後ろに列を作っていた。

「みんな、県道を行くんだ。きっとアウトバーンはじきにいっぱいになるだろうから」

後ろの一人が言った。

「ほんとうにやばくなったら、どこかへ飛ぼうぜ」ラルスは言った。

ヤンナ＝ベルタは、ラルスのお父さんが軽飛行機を持っていて、ヴェルナーさんの飛行場に置いているのを知っていた。ラルスのお父さんはヤンナ＝ベルタの父を一度、シュリッツ上空飛行に誘ったことがあった。

「うちでもきっと、もうみんなで荷作りをしてるに違いない」

また後ろの一人が言った。
「みんな恐ろしいほどの心配性なんだ。おばあちゃんはベッドスタンドから雑草取りのスコップまで、どうでもいいガラクタを詰め込んでるはずだ」

ヤンナ‐ベルタの母方の祖母ヨーと父方の祖母ベルタは二人とも健在だった。ヨーはシュヴァインフルトで看護師をしていたが、週末は一週間おきにデモに参加するのが彼女の習慣になっていた。

「何かを変えなくちゃいけない」と言うのがヨーの口ぐせで、菜食主義とシンプルライフ信奉に関してはかたくなすぎるほどだった。でもヤンナ‐ベルタはヨーの真剣さが好きだった。ヨーのところでは大人の議論に加わることも許されていたし、なんといっても家の中の散らかりようはすばらしく居心地が良かった。

それに対して、シュリッツで一緒に暮らしている祖母ベルタは何もかも違っていた。彼女は絵本に出てくるような、典型的なおばあちゃんなのだ。ベルタのそばでは、ヤンナ‐ベルタは子どもでいられる。子どもでいればいるほど、彼女には甘えられたしなんでもしてもらえた。

それにベルタはいろんな古い歌やお話を知っていた。なかには悲しいほどに美しい歌や、はらはらするような話もあった。しかし主人公がどんなにこわい目にあっても、ベルタのそばでは安心していられた。善は必ず勝ち、悪は必ず打ち負かされることになっていたからだ。

ベルタのところではいつも秩序という名のもとに、使ってはならないことばから戸棚の中にきちんと重ねられたシーツの置き場所まで、何もかもが決められていた。また、散歩に行くときはどんなにすばらしいお天気の日であろうと必ず傘を持っていかなければならないのだった。

彼女にとっては「*5緑の人々」はたんに礼儀知らずな連中であり、祖父と父が政治のことで言い争いを始めると台所に引きこもってしまう。ベルタにとってはワッフルを焼くことが最上の世界なのだ。

一週間前から祖父母はバカンスでマジョルカ島に行っている。今頃はきっと二人でヤシの木の下を散歩しているだろう。最近、ベルタはヤンナ‐ベルタを叱《しか》ることが多くなっていたが、それでも彼女は祖母がいないのはやはり淋《さび》しかった。

叱られるのはヤンナ‐ベルタが大人の話に加わろうとしたときだった。十四歳で政治の話をするのはまだ早いというのが祖母の持論で、ヤンナ‐ベルタが口をはさみかけると「もういいわ。やめなさい」とさえぎるのだ。もしベルタがいたら、よその人と同じようにやはりガラクタを持っていこうとしただろうか？

祖母もひどい戦後の耐乏生活を経験してきた。しかし祖父がその頃の話を始めると、いつも「よして下さいな。私はあんなつらいことはもう聞きたくありませんよ！」とやめさせるのだった。

フルダ谷にある小さな村へメンを通り過ぎると、道の反対側にスクールバスが止まっていた。バスからおりた子どもたちが口々に何かを叫び、数人の母親たちがイライラしたようすで子どもたちを待っていた。

ヤンナ＝ベルタは、まだ小学二年生のウリのことを思うと胸がしめつけられるような気がした。ウリはもう家に帰っているかしら？　でも家にはだれもいないのだ。

「チビたちはなんだか楽しそうだな。学校が早く終わって喜んでるんだ」ラルスは言った。

ウリが急いで家に帰ってくれていればいいけど。捜しに行かなきゃならないとなるとたいへんだわ――ヤンナ＝ベルタは思った。

最初、母はウリをヤンナ＝ベルタにまかせることをためらっていた。しかし、父は笑いながら言った。

「二日間弟の世話をすることぐらい、ヤンナ＝ベルタにはなんでもないさ。だって、もうすぐ十五になるんだから」

それにウリも、ヤンナ＝ベルタをお母さんだと思ってなんでも言うことを聞くと誓った。それで母はやっと二人を残していくことに同意したのだ。

「毎晩電話をするわ」母は言った。

すると父は、「たったの二日じゃないか。土曜の夜にはもう帰ってくるんだから」と言ってまた笑った。

昨日の木曜日、すべて事はうまく運んだ。ウリは革ひもに結んだ鍵《かぎ》を首からさげて学校へ行き、三時間目で学校が終わると、ちゃんとその鍵でドアを開けて家に入った。そして帰るとすぐに宿題をやり終えて、ヤンナ-ベルタが家に帰ったときにはもうジャガイモの皮をむいてテーブルの用意をしていた。

夜、母がシュヴァインフルトから電話をしてきたとき、ヤンナ-ベルタは何もかもうまくいっていると答えた。

「ウリに休憩時間用のサンドイッチを持たせるのを忘れないでね」と母は念を押した。

電話のそばでカイの声が聞こえた。カイは今日、ヨーと一緒にアヒルに餌《えさ》をやったという。最後にヨーが電話口に出て言った。なんでママがヤンナ-ベルタとウリのことを心配するのかわからない、私は母親が五人目のお産で死んだあと、戦争に行っていた父親も休暇をもらえず、十三歳で三人の弟のめんどうをみなければならなかったのだからと言った。

ヤンナ-ベルタは忘れずにウリにサンドイッチを持たせた。そして今日の夜はライベクーヘン（すりおろしたジャガイモで作ったパンケーキ）を作ることになっていた。

それはウリの希望で、ライベクーヘンは彼の大好物だったからだ。

　きっとウリは不安な気持ちでいるに違いない。

「グラーフェンハインフェルトっていったいここからどれくらい離れているの？」

　ヤンナ－ベルタは上級生たちにたずねた。

　一人は七十キロだと言い、もう一人はいや八十キロだと言った。直線距離でだ。それが非常に近い距離だということはヤンナ－ベルタにもわかっていた。確かチェルノブイリは千五百キロも離れていたはずだ。ラルスは言った。

「すべては風向き次第。危険なのは南東の風だ。でもこのあたりではほとんどいつも西風で、南東からはまったくといっていいほど吹いてないよ」

「じゃあ、あのときどうしてチェルノブイリから汚染された空気がここまでやってきたわけ？」

　ヤンナ－ベルタは言った。みんな押し黙ってしまった。

　しばらくして、上級生たちは地球の自転の影響や高層気流について話し始めた。

「それにしても、こんなときにラジオが壊れちまったなんて。五分ごとに風向きの報告があるはずなのに」ラルスが言った。

　すると一人が言った。

「いや、わからない。まず彼らはみんながパニックにならないためにあらゆる手を打つんだ。つまり、こうくり返すに決まってる。あわてることはありません、こちらはすべてを掌握していますとね。そして冷静を保つのがまず第一の市民義務ですというのが決まり文句さ」

「じゃ、車を止めて風向きを調べてみましょうよ」ヤンナ－ベルタは言った。

ラルスはヘメンの池のそばの駐車場に車を寄せると外に飛び出し、ハンカチをたらしてみた。

「こんちくしょう！　南東の風だ」

彼は車に駆け込むと窓をきっちり閉め、クラクションをけたたましく鳴らすとまた車の列に割り込むようにして県道に戻った。道路では北に向かう車の列がのろのろと動いていた。

「もし南東の風がほんとうなら、二時間で放射能がやって来るぞ」後ろの一人が言った。

「バカなことを言うな」ラルスはうなるように言った。

「なぜだ？　フルダからここまで二十分……だって、事故がいつ起こったのかはだれにもわからないじゃないか。もしかしたら何時間もたってるかもしれないんだぞ！そしたら、僕らはもうすっかり放射能に取り囲まれてるってことだ」

全員口を閉ざしたまま、車はハルタースハウゼン村を通り過ぎた。畑のほうから空《から》の堆肥車を引っぱったトラクターが車道に出てきた。一人の女の人がその運転手に向かって興奮したようすで何か合図をしていた。

道路わきの家では開けっ放しの窓からレースのカーテンが風に揺れているのが見える。ここでは荷物を詰める余裕もなかったようだ。

ヤンナ-ベルタは頭の中で地図を描こうとした。グラーフェンハインフェルトは南東の方向にあるはずだ。しかし、彼女は地理にはめっぽう弱かった。

いつだったか、ヤンナ-ベルタがエアランゲンはオーデンヴァルトの森にあると言ったとき、父はこりゃいかんと絶望したように首を振った。もし上級生にこんなことをたずねたら笑われるだろうか？

シュリッツの隣村、ユラースハウゼンを通過した。ここでは人々は大きなトランクを車に積み込んでいた。

ヤンナ-ベルタは思い切って質問しようとしたが、その前に答えは返ってきた。

「シュヴァインフルトはもうゴーストタウンになってるに違いない。災害対策が機能していればの話だけど」

「どうしてシュヴァインフルトなの？」ヤンナ-ベルタは驚いて言った。

「よく聞いてくれるよ」ラルスは言い、イライラしたように下唇をかんだ。

「シュヴァインフルトはグラーフェンハインフェルトのすぐそばだろ？　グラーフェ

ンハインフェルトがシュヴァインフルトのそばだって言ってもかまわないけど」

ヤンナ‐ベルタは息をのんだ。

「でも放射能流出なら、何をしたって無駄だよ」後ろの一人が言うのが聞こえた。

「そしたらシュヴァインフルトで必要なのは、墓掘り人と骨髄移植の専門家だけだ」

「それはシュヴァインフルトだけなの？　それほんとなの？　シュヴァインフルト……今日、両親はシュヴァインフルトに行ってるのよ」

ヤンナ‐ベルタは押し殺した声で言った。

四人とも口をつぐんだ。

車はプフォルトの丘を越えた。

ヤンナ‐ベルタは両親のことを思った。濃い色の髭《ひげ》をはやし、やせてはいるが健康そうに日焼けした父。笑うと目尻にできる細かいシワがヤンナ‐ベルタは大好きだ。そして、父よりも三センチ背が高く、ブロンドで茶色い瞳《ひとみ》の母。陽気でよく笑う母はいつもとっぴなことをしたり言ったりする。

「でも、間に合ってうまく逃げられたかもしれない」と一人が言った。

ヤンナ‐ベルタは体が熱くなるのを感じた。カイも一緒にシュヴァインフルトへ行っていた。家族で一番小さいカイはまだ三歳にもならない。みんながあんなにかわいがっているカイ！　そして祖母のヨー！

何かとても恐ろしいことが起こったのだ。でも、目に映るものはすべてふだんと少しも変わらない。外はいつものように暖かくて風の強い春の日だ。桜はもう散ってしまったけれど、今は村々を取り囲むようにして立っているリンゴの木が花盛りだ。黄色い菜の花畑も太陽の光に輝いている。もう二週間すれば*6聖霊降臨祭だった。

「生きていて、お願いだから生きていて！」

ヤンナ－ベルタは心に願い、腕に爪《つめ》を食い込ませた。痛みで痛みをまぎらわすのだ。彼女は小さい頃から歯医者で歯を削られるとき、そうやって痛みに耐えることにしていた。

やがて車はシュリッツに着いた。ラルスは街の入口の一軒に住んでいた。ラルスの母親が車に突進するようにしてきて、大きく止まれの合図をした。そして言った。

「ラルスはみんなを送っていくことはできないわ」

ヤンナ－ベルタは車をおりた。彼女はぼんやりとしていた。そのあとから三人の上級生たちがころげ出て、ひとこと「じゃあな」と言うと大急ぎで走り去った。ヤンナ－ベルタはつぶやくような声でお礼を言ったが、ラルスはすでに母親のあとを追っていた。

ヤンナ－ベルタは街の上にそびえる丘を見あげた。家は丘の上にあった。ウリは待っているに違いない。ここから家まで十分はかかる。でも走れば八分、いや七分かもしれない。ヤンナ＝ベルタは走り出した。

●2 自転車で逃げよう

ヤンナ―ベルタたちが暮らす三角屋根の家は、白樺《しらかば》林の緑に囲まれて建っている。彼女の部屋の窓には太陽の光が反射していた。

そして祖父母の部屋のバルコニーには、今が盛りとばかりにジェラニウムが咲き乱れている。祖母の自慢の花だ。

祖父母は新聞で事件を知るだろう。

ウリが下のバルコニーに立って手を振っていた。

「みんな家に帰りなさいって言われたんだ！」

ウリは大声で言った。

「空気に毒があるんだって！　それもたくさん！　アルムートおばさんが電話してきて地下室にいなさいって言ったよ。だけど僕、もうジャガイモをすりおろしたんだ！」

バルコニーへの扉からは、いやに荘重な音楽が聞こえてきた。ウリはラジオをつけていた。

ヤンナ―ベルタは急坂の階段を二、三段跳びに駆けあがった。ウリは玄関の戸を開けて待っていた。彼女はカバンを放り投げると居間に飛び込んだ。

「さっきから何か雲のことを言ってるよ」ウリは興奮した面持ちで言った。

「その雲は毒があるんだって。でも、どういうことかよくわかんない」

音楽のボリュームが大きすぎて、ウリの声もよく聞き取れない。

ヤンナ―ベルタは台所へ走り、ラジオの音量を下げて言った。

「何があったかはわかってる」

「テレビでもやってたよ。何かが爆発してそれで……」

ウリは言いかけたが、ヤンナ―ベルタはさえぎった。

「アルムートから電話があったの？」

「うん。そのあともう一度電話のベルが鳴ったんだけど、ちょうどジャガイモを取りに地下室におりてたの。上にあがってきたら切れちゃった」

「それ、きっとパパからだったのよ。それともママかもしれない。どうして急がなかったの？」

ヤンナ―ベルタは言った。

「ジャガイモをかかえて？」

「あんたはなんて間抜けなの！」

ヤンナ―ベルタは思わず大声を出した。

「だってライベクーヘンを作るって約束だったじゃない」ウリはふくれっ面をして言った。

ヤンナ―ベルタは電話に駆け寄り、シュヴァインフルトの市外局番とヨーの電話番号を回した。しかし、聞こえるのは呼び出し音と自分自身の荒い息だけだった。

ウリもそばで一緒に聞こうとしていた。二人は顔を寄せ合った。彼女は受話器を置き、今度はアルムートの電話番号を回した。ヤンナ―ベルタは親戚中で母の妹アルムートがいちばん好きだった。

彼女は学校の先生で、やはり先生をしているラインハルトと結婚していた。二人はハンメルブルクの学校で教えているが、バートキッシンゲンから通っている。アルムートのところもだれも出ない。それも当たり前だ。この時間は二人とも学校にいるはずだ。

ヤンナ―ベルタは悪い予感がした。ハンメルブルクもバートキッシンゲンも、フルダの南ではなかっただろうか？　どちらにしろ、アルムートのところへ行くときはいつもフルダを通っていたことは確かだった。彼女は本棚から地図帳を取り出すと、あわててページをめくった。

「僕、ジャガイモをおろしにいくよ」ウリはそう言って鼻をすすりあげると台所に消えた。

ヤンナ―ベルタは地図帳をのぞきこんだ。ハンメルブルクもバートキッシンゲンもグラーフェンハインフェルトのすぐ近くだ。たったの二十キロしか離れていない！　アルムートは電話してきて、地下室へ行きなさいと言ったという。アルムートも地下室でじっとしているのだろうか？　アルムートはお腹《なか》に赤ちゃんがいるのだ。

「またラジオが何か言ってるよ！」ウリが台所から呼んだ。

ヤンナ―ベルタは駆けた。ウリはラジオのつまみを回していた。

ラジオの声がものすごい音量で居間中に響いた。

「[*7]災害本部から、南フランケンとヴュルツブルク地区に対して次のような指示が出されています。すでに報じられたように、事故の起きたグラーフェンハインフェルト原子力発電所からは今も放射能が放出され続けています。原子力発電所周辺の地域の住民には予防措置が必要となっています。次に読みあげる地区住民はただちに避難を開始して下さい――」

「なんて言ってるの？」ウリがたずねた。

「シッ！　黙ってて！」ヤンナ―ベルタはきつい口調で言った。

シュヴァインフルトの名があがった。バートキッシンゲンもハンメルブルクの名もあった。続いて、いくつもの町の名前が読みあげられた。彼女はラジオの音量を小さくした。つまみにはジャガイモのかすがこびりついていた。

「*8車を所有している人は老人、障害者、小さい子どもを連れた母親を最寄りのコントロールポイントまで運んで下さい。車を所有しない人は最寄りの学校、体育館、公民館、教会または集会所などに避難して迎えを待って下さい。住居を離れるにあたっては、最低必要限度の物だけを持って下さい。それは……」

ヤンナ－ベルタはバイエルン第三放送を回して、ヘッセンの放送を受信しようと試みた。アナウンサーの声がとだえたとき、開け放ったバルコニーの戸を通して外からパトカーの拡声器の声が響いてきた。ウリはもうバルコニーに飛び出していた。ヤンナ－ベルタもウリのあとを追い、手すりから身を乗り出した。パトカーが駅前通りに沿って走っているのがはっきりと見えた。

「*9お知らせします。お知らせします。こちらは警察です！　シュヴァインフルト近郊のグラーフェンハインフェルト原子力発電所で今日午前十時頃、核処理中に事故が発生しました。シュリッツならびにフォーゲルスベルク地区全域の住民は健康上の安全のため、すぐに室内に入り、すべての戸と窓を閉めるようにお願いします。換気装置やエアコンも止めて下さい。また、とりあえず常備の缶詰、びん詰、空気を密閉した容器に入った食べ物だけを食べるようにして下さい。動物はただちに屋内か小屋の中に入れて、屋内、物置、小屋などに貯蔵されていた餌《えさ》だけを与えて下さい。ラジオかテレビのスイッチを入れて同居者に情報を伝えるようお願いします。また、これはあくまでも念のための措置ですので、心配する必要はありません。冷静に落ち着いて行動して下さい。さらに詳しい予防措置についてはまたお伝えすることになりますが……」

声がとぎれた。

「アルムートも同じように言ってたよ」ウリが言った。

「地下室へ行って戸と窓を全部閉めなさいって。でも、みんなどこかへ行こうとしてるよ」

彼は窓の下にひろがる街のほうを指さした。騒音が上まであがってきていた。駅前通りへの合流点では車の渋滞ができていてみんなクラクションを鳴らしていた。フルダ方面から駅前通りに入る道には長い列ができている。銀行の前では二台の車が衝突しているのが見えた。

怒鳴り声が聞こえた。でも人だかりは見えない。ラウターバッハへの分岐点でも衝突事故が起きていたが、車は事故の個所《かしょ》をよけて、歩道の上を揺れるようにして迂回《うかい》していく。ラウターバッハのある西方向へ向かう道も車がひっきりなしに走っている。しかし、最も込み合っているのは北に向かう道だった。きっとみんなアウトバーンのカッセル－ヴュルツブルク線に向かおうとしているのだ。

下のガレージの前ではゾルタウさんの家族が車に乗り込もうとしていた。車は荷物でいっぱいだった。後ろの座席にはカバンや箱のあいだに埋もれるようにして、おばあさんが座っている。ゾルタウさんの奥さんが窓から頭を出すと、ヤンナ-ベルタたちに向かって声をかけた。

「あなたたち家に残るの？　今にも放射能がやってくるわ！」

そのとき、「窓を閉めなさい！」と言うおじさんの声が聞こえた。

おばさんは頭をひっこめた。そして窓が閉まると車は坂を走りおり、丘の下に消えた。

「あの人たち、どうして出ていくの？」とウリがたずねた。

「こわいからよ」ヤンナ-ベルタは答えた。

「僕らもどこかへ行く？」

ヤンナ-ベルタは息をのみこんだ。そしてウリから目をそらしたまま言った。

「いいえ」

彼女は状況をよく考えてみようと思った。自分たちの交通手段は自転車だけ。いったい自転車で南東の風から逃げおおせるだろうか？　彼女は立ったり座ったりして、隣の家の庭にあるカラマツの枝をじっと観察した。

風の強さは同じぐらいだ。でも、ひょっとしたら風向きが変わっているかもしれない。彼女はハンカチを取り出した。ハンカチはやはり北西の方向にそよいでいる。ほんの少し北寄りになっているだろうか。

核シェルターのことが頭をよぎった。やはり地下室に作っておくべきだったのだろうか？

「ここにいるの？　それとも、どこかへ行くの？」

ウリは催促するように言った。

「もし行かないんだったら、ジャガイモをおろしちゃうよ。お腹がペコペコなんだもの」

アルムートは地下室にいなさいと言った。警察もそう言っている。それには家の裏側、丘の中腹の地中深くに位置する祖父母の備蓄用地下室が最適だった。

祖母ベルタはそこにあらゆる保存用缶詰、びん詰やマーマレードのびんなどを蓄えていた。たくさんの小麦粉の袋、粉ミルク缶から砂糖、スパゲティまで、長持ちする食べ物ならほとんどなんでもあった。祖母はいつも、何かがきれるとすぐまた補充するように気をつけていた。祖父もそれにはあきれていたし、父も一度こう言ってヤンナーベルタに説明したことがあった。

戦争中はみんなああして食料を蓄えて暮らしていたんだ。だから、おばあちゃんもその癖が抜けないのだと。でも、当時はそれが正しいやり方だったたし、またそうするほかなかったのだ。

ヤンナ＝ベルタは時計をちらりと見た。十二時二分。学校を出てから一時間六分が経過していた。彼女は決心して言った。

「私たちはここにいましょう。地下室に行くのよ」

ウリはうなずいてまた台所に戻ろうとしたが、ヤンナ＝ベルタはウリにジャガイモをおろしている場合ではないのだと説明した。そして地下室に持っていく食器をそろえるよう言った。彼女自身は大急ぎで家中の戸と窓を閉めて回った。祖母の地下室にはちゃんとした窓はなく、隣の地下室とのあいだにのぞき窓があるだけだった。その窓も念入りに閉めた。

ウリは台所のラジオの音量をまたいっぱいにあげていたので、地下室にまでよく聞こえた。新しい通達があった。

「[*10]北バイエルンと東ヘッセンの住民のみなさんにお伝えします。各地域の当局による要請がない限り居住地を離れないで下さい！　危険度の高い地域では避難が始まっていますが、要請がないところで移動をした場合、すみやかな避難と非常措置を妨げる結果になります。交通秩序を保つため、違反者に対しては警察は断固たる処置をとるよう指示されています。みなさん、冷静沈着であることが市民としての第一義務です。責任を持って行動して下さい！」

「ラジオを消して！　電話のベルが鳴っても聞こえないじゃない！」

ヤンナ―ベルタは上に向かって大声で言った。

ウリはラジオのスイッチを切った。そして頭にボウルをかぶり、手にはフォークやナイフやスプーン、そして缶切りを入れた鍋を持って地下室におりてきた。

ヤンナ―ベルタはウリの部屋に駆けあがって洋服ダンスからジーンズを取り出し、下着とTシャツとセーターを二枚、大きなビニール袋に詰め込んだ。それから、羽根ぶとんと枕を地下室の入口まで引きずりおろした。もう一度ウリの部屋に戻ると次はマットレスの番だった。

寝具、衣服、食料のほかに何が必要だろうか。一生懸命考えた。ろうそく？　そう、停電することもありうる。本を数冊。メモ帳とマジックペン。ウリのおもちゃ。何よりも彼のテディベアを忘れちゃいけない。テディベアなしにはウリは寝ようとしないのだ。それから水――。水はどうすればいいんだろう？

息つく間もなく、ヤンナ―ベルタは今度は自分の寝具を取りにあがった。

ウリは地下室のジャガイモの箱のそばにマットレスを敷き、その上に羽根ぶとんを広げていたが、不意に言った。

「トイレに行きたくなったらどうするの？」

ヤンナ―ベルタはまだ、トイレのことまで考える余裕はなかった。トイレのために上にあがってもかまわないのだろうか？　それともバケツにふたをして地下室に置こうか？　しかし臭《にお》いに我慢できるだろうか？　そのとき、電話がけたたましく鳴った。

ヤンナ-ベルタは居間へ走った。隣のヨルダンさんだった。

「なんてこと――。あなたたち二人だけなの？　バルコニーに二人が見えたから電話してみたのよ。私たちはこれから出るところなんだけど、まだ乗れるから一緒にいらっしゃい」

おばさんは言った。しかしヤンナ-ベルタは答えた。

「いいえ、家にいなさいと言われているんです。私たちは地下室で待つことにしました」

「ご両親がそう言ったの？　そういう考えならそうすればいいわ」

ヨルダンさんはそう言って電話を切った。気分を害したんだわとヤンナ-ベルタは思った。


階段の踊り場に戻らないうちにまた電話が鳴った。母だった。

「ヤンナ-ベルタ！」母はいつになく、押し殺したような低い声で言った。

「あなたたなの？　ああよかった。二度も電話したんだけどだれも出なかったものだから――」

「さっき学校から帰ったばかりなのよ。ほんとうに地下室で待っていればいいの？

よその人たちはみんな出ていくんだけど」

「だめ！」母は叫ぶように言った。

「地下室はだめ。危険よ！　放射能はどこにでも侵入してくるの。できるだけ早く逃げなさい。ゾルタウさんに」

「もう行ってしまったわ」ヤンナ‐ベルタは言った。

「だったらヨルダンさんかホフマンさんか、それともマンホルトさんよ！　電話して連れて行って下さいってお願いするのよ。きっと助けてくれるわ！　みんな、家にはあんたたちしかいないってことを知らないんだから。もし知ってたらとっくに乗せてってくれているはずだから」

「わかったわ、ママ。電話してみる。だけどママたちとはどこで落ち合えばいいの？」

「私の机の上にある緑色のアドレス帳を持って行きなさい。そこには知り合いの人たちの住所と電話番号が書いてあるわ。第一の連絡場所はハンブルクのヘルガ伯母《おば》さんのところ。いい？　それから何かあったときのためにお金を持ちなさい。お金は机の左の引き出しの中！　すぐによ！　すぐに出なさい！　もうコインがなくなるから」

母は言った。

「ヨーのところから電話してるんじゃないの？」驚いてヤンナ‐ベルタは聞いた。

「私たちは今駅にいるの。移送を待っているところよ」母は言った。

「臨時列車が出ていて、次かその次の列車には乗れるはずだわ」

電話の後ろで、カイの泣く声が聞こえた。

「パパは？」ヤンナ─ベルタは心臓の鼓動が速くなるのを感じた。

「この騒ぎが始まったときは会合に出ていたの。ここで会うのはもう無理よ。でも、きっともうとっくに町を離れているはずだわ」

「ヨーは？」ヤンナ─ベルタは叫んだ。

「一度にたくさん聞かないで！　今は時間がもったいないのよ」母も叫んだ。

声が甲高くなった。

「ヨーはどこかの赤十字にいるの。警報が出てすぐ呼び出されたのよ。とにかくここは大混乱なの」

「でも雲はとっくにそこまで来ているんでしょ！」ヤンナ─ベルタも大声になっていた。

母は続けた。

「とにかく行きなさい！　いいから行き──」

そこで電話は切れた。ヤンナ─ベルタはしばらくのあいだ受話器を耳に押しつけていたが、聞こえるのは雑音だけだった。ヤンナ─ベルタは受話器を置いた。

「なんだったの？」汗びっしょりになって地下室からあがってきたウリが聞いた。

「だれから？」

「ママよ。ママたちは大丈夫だって。だけど私たちは地下室にいてはいけない、だれかに頼んで車に乗せてもらいなさいって」

バルコニーから下を見おろすと、ヨルダンさんたちは行ったあとだった。ヤンナ－ベルタはほっとして電話のそばに戻り、マンホルトさんの番号を回した。しかしだれも出なかった。

「じゃ僕ら、なんのためにわざわざ地下室に物を運んだんだよ」ウリは怒ったように言った。

ヤンナ－ベルタは今度はホフマン家に電話した。ティナ・ホフマンが出た。ティナは小学校のときの同級生だった。

「うちはみんな地下室にいるの。こちらに来なさいよ！　ママにかわろうか？」

ティナは言った。

ティナの母とは話したくなかったので、短くさよならと言うと電話を切った。ヤンナ－ベルタは決心した。

「自転車で行きましょう」

ウリの表情が輝いた。ウリは自転車に乗るのが大好きだった。ヤンナ－ベルタはウリに、衣類を入れた袋とジャケットを地下室から持ってくるように言った。そして通学カバンの中身を空にすると、洋服ダンスからズボンとTシャツと下着を取り出して入れ、パンと冷蔵庫の中のチーズの包みも詰め込んだ。外側のポケットの中には母の財布とアドレス帳を入れた。ウリはテディベアを抱きかかえていたが、それを置いて行きなさいとはとても言えなかった。テディベアを置いては、家を離れようとしないだろう。

彼女はバルコニーに通じる戸を急いで閉め、ウリのジャケットを持った。そして二人は家を出た。

「いい？　私のあとにぴったりくっついて来るのよ！」彼女はウリに声をかけた。ヤンナ―ベルタは腕時計を見た。十二時四十四分。警報が鳴ってからまだ二時間もたっていない。なのに、今までずいぶん長い時間が過ぎたように思えた。

坂をおりて下の道に出るまえに、ウリが興奮したように言った。

「だれがココに餌をやるの？」

ココは祖父の飼っているセキセイインコで、鳥かごは祖父の居間にある。ウリは祖父がマジョルカに行っているあいだ、きちんと餌をやって世話をすると固く約束していたのだ。今まで彼は約束をちゃんと守ってきたし、その日だってジャガイモをおろすまえにココの世話をすませていた。

「だれもできないわ。そんなことはもうかまっている場合じゃないの」

ヤンナ＝ベルタは言うと、ウリは怒った。

「なんでだよ。大事なことじゃないか！」

ウリはブレーキをかけ、自転車から飛びおりると向きを変えた。

「だめよ！」ヤンナ＝ベルタは叫ぶとウリを追いかけ、どなりつけた。

「私のあとをついてきなさいって言ったでしょ！　聞いてるの！　なんにもわかってないんだから、このバカ！」

ウリの目から涙が流れ落ちた。彼はおとなしく自転車にまたがると、ヤンナ＝ベルタのあとをついてきた。

3 雲みたいなのが見える

駅前通りを横切るのはひと苦労だった。南行きの車道はガラガラなのに、反対方向は車がとぎれる間もない。ヤンナ–ベルタはとにかくウリが安全に向こう側に渡れるように、手あたりしだいに車を止めようとした。

イライラしながらクラクションを鳴らす人があった。見るとヤンナ–ベルタの知っている人だった。それはミルトナーさんで、卓球クラブで初心者を教えている。やさしくて辛抱強い人だった。でも今は、道を横切ろうとしている子どもたちを窓ごしににらみつけている。

車のわき、ぎりぎりのところを走るのは容易ではなかった。左側にはひっきりなしに追い越そうとする車が飛び出してくるので、車は自転車に注意を払うどころではなかった。ヤンナ–ベルタはウリを見失わないよう、前を走らせた。

シュリッツのすぐ隣にあるフッツドルフでは、わき道には車の影も見えなかった。その代わり、県道に入ろうとする車が列を作っていた。

一匹の犬が吠《ほ》えながら車のそばを走っていた。しかし車が遠ざかると犬は嘆くような声をあげながら追うのをあきらめた。

ウリはその犬をひかないよう、急ブレーキをかけた。そして犬をなでようとかがんだとたん、犬はウリに噛《か》みつこうとした。

ヤンナ＝ベルタはせかした。

「ココと同じだよ。まるで同じじゃない！」ウリの目にまた涙が浮かんできた。

たくさんの知り合いに会った。子どもたちは窓を開けて声をかけてきた。ハイムバッハさん、エッゲリングさん、シュミットさん、それにトレットナーさんたちの家族も二人のそばを通り過ぎていった。

トレットナーさんが声をかけた。

「ヤンナ＝ベルタ！　お母さんたちはどうしたの？　二人だけで動くなんて！」

そう言ったあと、おばさんがヤンナ＝ベルタたちを車に乗せるようご主人を説得しているのが見えた。

ほかにもいろんな人が通り過ぎて行った。歯医者さん、親切な銀行員、そして母が買い物に行くといつもカイとウリにソーセージを一切れずつくれる肉屋の女店員も行ってしまった。ウリの担任の先生も手を振って行った。いつも配達に来る郵便局の人も見かけたが、今日はいつもの黄色い郵便車ではなく自分の車に乗っていた。彼らのほとんどはヤンナ－ベルタたちの姿を認めると目をそらしたが、後ろめたそうに肩をすくめる人たちもいた。しかし、みんな車の屋根まで荷物を積んでいて二人を乗せるだけの場所はもうなかった。

ガソリンスタンドの前では車が二重に列を作っていた。

雲ひとつない空には太陽がさんさんと輝いている。まるで真夏のような暑さだ。

ウリは喉《のど》が渇いたと言い出した。ヤンナ－ベルタはフッツドルフとクヴェックのあいだにある壕《ほり》でウリに水を飲ませた。水がきれいかどうかって？　今頃それがどうしたというのだ。ヤンナ－ベルタも水を飲み、手で水をすくって顔をぬらした

「行くわよ。急ぎなさい」ヤンナ－ベルタはウリをせかした。

「僕には雲なんて見えないけど」ウリは不機嫌そうに言うと、再び自転車をこぎ出した。

車の列は延々と続いていた。フルダ、フォーゲルスベルク、バートノイシュタット、バートキッシンゲン——ヤンナ－ベルタも知っている車のナンバーがたくさんあった。ときどきシュヴァインフルトナンバーの車も見かけた。乗用車、貨物自動車、バス、オートバイ。あらゆる乗り物が走っていた。警察のヘリコプターが道路の上空を横切り、カーラジオのガーガーいう音が閉め切った車の窓から聞こえてきた。

そのとき、おんぼろのゴルフが目にとまった。その車はルーフキャリアの上になん

と、便器をくくりつけていた。祖母ベルタも病院に入院していたとき、同じようなものを使っていた。ヤンナ＝ベルタは車の中をのぞきこもうとしたが、窓が光って反射していたし車のスピードが速くて見えなかった。

クヴェック、リムバッハ、オーバーヴェクフルト——静かな田園風景の中に小さな村々が点在している。フルダの谷は平らで走りやすかった。しかしリムバッハを過ぎたあたりからウリに疲れが見え出した。ヤンナ＝ベルタは何度もウリをせきたてるようにして自転車を走らせた。

一時二十五分だった。

「ちょっと休憩させて。五分だけでいいから。膝《ひざ》が痛くて。それにお腹《なか》がすいたよ」

ウリは懇願するように言ったが、ヤンナ＝ベルタは、止まらずに先を急がせた。ところがリムバッハとオーバーヴェクフルトのちょうど中間ほどのところで、とうとうウリは泣き出した。バートヘルスフェルトまでまだ半分も来ていない。ヤンナ＝ベルタはバートヘルスフェルトで汽車に乗ろうと考えていた。バートヘルスフェルトからハンブルクへ直通の特急列車があることを知っていたからだ。ハンブルクには父の姉にあたるヘルガ伯母《おば》さんが住んでいる。

「あんたって泣き虫ね」ヤンナ＝ベルタは言った。

二人は仕方なく、そこで五分間休憩することにし、彼女はカバンからパンとチーズを取り出した。ウリは飛びおりて自転車を草の中に横倒しにすると、自分もそのそばに倒れ込んだ。

ヤンナ＝ベルタがウリにチーズをのせたパンを一切れ手渡すと、ウリはものすごい勢いで食べ始めた。そのようすをヤンナ＝ベルタは、そばに立ってじっと見ていた。

「早くしなさい！」ヤンナ＝ベルタはまたウリをせかした。

ウリの髪の毛はくしゃくしゃで、顔はホコリと汗で汚れていた。今にも眠り込んでしまいそうな顔をしている。まぶたが重そうだ。

ヤンナ＝ベルタは南の空を見あげた。そのとき、後ろから来る車の列が急にスピードを落としたのに気づいた。ウリも頭をあげた。

「渋滞だ」ウリが言った。

「来るのよ。こうなったらこっちのほうが速いわ。みんな私たちが横をすいすい行くのをびっくりして見るわよ」ヤンナ＝ベルタは言った。

ウリはとたんに元気になった。そして自転車に飛び乗ると、勢いよくペダルをこぎ出した。ヤンナ＝ベルタが追いつけないほどだった。ウリは得意そうに車の窓のほうを見てニヤリと笑った。車の列はどんどん遅くなり、最後には歩くぐらいの速さになった。

一人の母親がウリと同じくらいの年の男の子を叱《しか》っていた。その子は動いている車のドアを開けておしっこをしようとしていたからだ。

追い越しをしてからまた前に割り込もうとする車をどなりつける人もいた。

女の人が窓をあけて南の空を指さしながら叫ぶのが聞こえた。

「来るわ！　来るわ！　ほらあそこ」

そして何か変な臭《にお》いがすると言った。赤ん坊は泣きわめき、母親たちは子どもを引き寄せた。車の中でお祈りをしている人たちもいた。

オーバーヴェクフルト村の入口まで来ると、車の列に動きが出てきた。道はここで右にカーブしてフルダ川にかかる橋を渡ると、今度は川の対岸を谷に沿って北に向かっていく。ヤンナ‐ベルタはこの谷をよく知っていた。バートヘルスフェルトのガールスカウトに入っていて、二年前から毎週金曜の午後、この道をバスで通っていたからだ。それほど暑さの厳しくない夏の日は自転車で行くこともあった。

「僕らも橋を渡るの？」ウリが後ろをふり向いて聞いた。

ヤンナ‐ベルタは首を横に振った。川の対岸を走る県道は道幅がとても狭くて、きっと車に押し出されそうになるだろう。

シュリッツランド通りは車が二列になっていて、トラクターが進むようなのろのろスピードで進んでいた。反対車線を来る車は一台もなかった。だれが今どき南へ向かうというのか。雲に向かって——。

便器を積んださっきの車に追いついた。車は路肩に止まっていた。花もようのガウンを着たおばあさんが便器の上に座っていて、人々の好奇の目から守るかのように、娘さんらしい女の人がその上にかがみこんでいる。しかし、便器の下にバケツはなかった。おばあさんはうめき声をあげていた。

オーバーヴェクフルトとウンターヴェクフルトのあいだあたりで、ウリのテディベアが荷台から落ちた。もう一度しっかりと縛りつけるのにしばらく時間がかかった。

ヤンナ－ベルタは心の中で、薄笑いを浮かべたこのぬいぐるみをいまいましく思った。

やがて、フルダ川にかけられたアウトバーンの橋が見えてきたが、ヤンナ－ベルタとウリは上を見る余裕もなく、今しがた横を通り過ぎていった知り合いの車を見つけようと必死だった。ウリの担任の先生の車が見えた。

「あなたたち二人っきりなの？」

先生は小さく開けた窓の隙間《すきま》から声をかけた。ウリがうなずくと先生は言った。

「乗りなさい！　トランクの上に座って頭をかがめていれば大丈夫よ」

しかしウリはふり向きながら言った。

「いいよ。こちらのほうが速いもの！」

シュリッツからの道と国道62号線の合流地点まで来て、ヤンナ－ベルタは初めてアウトバーンを見あげた。彼女は驚いて声をあげた。

「見て！　橋の上――みんなめちゃくちゃに走ってる！」

アウトバーンを走る車は逆の車線もすべて同じ方向へ向かっている。今どきシュヴァインフルトへ行く車など一台もいないのは当然だった。こんなに車が渋滞しているのは、みんながすぐ先にあるアウトバーンの入口に殺到したためだった。

アウトバーンへの分岐点では、数人の警官が懸命に交通整理をしていたが、車のあいだを大きな身振り手振りでおろおろしながら走り回っている警官たちは滑稽《こっけい》にさえ見えた。ヤンナ‐ベルタは目をまるくした。彼女は今まで、警官は尊敬するものだと思っていたからだ。

そこではもう、ほとんど動きがとれなかった。パニックはますますひどくなり、だれも道をゆずろうともしなかった。小さなフィアットを運転している女の人は路肩に押しやられて悲鳴をあげていた。後ろに座っている三人の子どもたちも一緒になって金切り声をあげていた。車が二台、互いに身動きとれなくなったままになっていたが、中は無人で、持ち主に置き去りにされてしまったようだった。

アウトバーンへ入ろうとするなら、これをよけて通るしかなかった。

ウリが自転車を止め、ポカンと口を開けて空を見あげていた。ヤンナ‐ベルタがせきたてようとすると怒ったように言った。

「雲なんて見えないじゃない。もう走りたくない！」

「毒は見えないのよ。だから、だれにもわからないの」

ウリは疑い深そうに再び空を見あげた。そして、また自転車にまたがると二人は先に進んだ。

やっとのことでアウトバーンの入口を入っても、本線には入れずにわきの斜面で向きを変えるとまた戻ろうとする車もいた。

ニーダーアウラへ向かう下の県道は広く平らで、本来はとても快適な道のはずだった。しかしここでも五十キロ以上のスピードを出すのは無理だった。

車は二列になって走っていたが、やがて三列になり、何を思ったのかニーダーアウラから南に向かおうとした一台のフォードは、車体の半分を歩道にはみ出しながら走っていた。

ウリを見ると、だんだんスピードが落ち、ハンドルが左に右に危なっかしく揺れている。ヤンナ＝ベルタはウリがかわいそうでたまらなくなった。あんなに汗びっしょりになって！

そのうちほとんど無風状態になり、空気は湿り気をおびてきた。ウリはジャケットを脱いで荷台にくくりつけていたが、シャツの腰と背中の部分が汗で体にべったりくっついている。

　ニーダーアウラに入ると、人々が車の窓から頭を出しているのが見えた。みんな口々にショッキングなニュースをささやいていた。南では雷雨が発生し、それは北に移動してきている。そして今しがたラジオで伝えられたところによると、グラーフェンハインフェルトとバートヘルスフェルトのあいだ幅五十キロにわたる地域では、[*11]フォールアウトが考えられるので避難が開始されている。しかし、それはあくまでも危険を避けるため、大事をとっての処置であるということだった。

「ほら、あそこ！　やっぱり雲みたいなのが見えるよ！」

　ウリが南を指さして言った。

　人々の声やそばを通るたびに聞こえてくるラジオのニュースから、ヤンナ－ベルタは事態をつかもうとした。

「単なる予防処置だとさ」若い男の人が言うのが聞こえた。

「笑わせるよ。もうとっくに放射能は追いついているさ」

「私、もう信じないわ」トラクターに牽引《けんいん》されている車に乗っている女の人が言った。

子どもたちが数人、彼女を取り囲むようにして荷物の山の上に座っていた。

ヤンナ－ベルタとウリがそのそばを通り過ぎようとすると、その女の人が声をかけてきた。

「二人きりなの？　二人ならここに乗れるからいらっしゃい！」

ヤンナ―ベルタはお礼を言って首を横に振った。こうなったら自転車のほうが速いのだ。それにトラクターの人たちがどこへ行こうとしているのかもわからない。

ヤンナ―ベルタとウリにはバートヘルスフェルトの駅というはっきりとした目的地があった。

ニーダーアウラの村はアリがうごめいているかのようだった。村中の道という道では人々が荷物を車に積み込み、男の人たちがルーフキャリアを固定していた。そして、そのまわりでは興奮した子どもたちが走り回っている。フォルクスワーゲン・バスのまわりでは、二人の男と数人の子どもたちが屋根の上にトランクや羽根ぶとんを山積みして固定しようとしていたが、母親らしい人は死んだ豚を引きずるようにして車に積み込んでいた。

外国人労働者の家族だろうか。しかしみんなドイツ語を話している。彼らは何度も何度も空を見あげていた。

そのとき、ウリが叫び声をあげた。ちょうど通りかかった家の前庭で男の人がコリーを射殺したのだ。

村はずれのガソリンスタンドには歩道の上まで車の列ができていた。やむをえずヤンナ―ベルタとウリはおりて、自転車を引いてその前を通り過ぎようとした。

給油タンクの前では殴り合いのけんかの真っ最中で、ウリはそばを通るのをためらった。ヤンナ‐ベルタは自転車のハンドルをつかんで彼を引っぱった。

二時八分。ニーダーアウラからバートヘルスフェルトへ行くあいだには、あと二つの村と大きな農場を越えなければならない。

ヤンナ‐ベルタはウリを励ました。いったいどこまでもつかわからない。いっそのことウリの自転車を捨てて、彼を自分の荷台に乗せて走ろうか。汽車に乗りさえすれば、ウリは好きなだけ眠ればいいのだから。それでもヤンナ‐ベルタは言った。

「えらいわ、ウリ。思ってたよりずっとよく走れるのね。あんたは、長い距離は無理かもしれないと思っていたけど」

それは嘘《うそ》ではなかった。ウリは年齢のわりには体が小さく病気がちで、学校にあがる頃になってやっと血色がよくなった。しかし、とても意志の強い子だった。

ウリは「ふん！」と言うと、また力強くペダルをこぎ出した。

ヤンナ‐ベルタは自信が出てきた。あと村を二つとカシの木農場と呼ばれる農場を越えればいいのだ。遠くの丘の向こうには、かすかだがもうバートヘルスフェルトのはずれにある家が見える。彼女は後ろをふり向いた。南の地平線はかすんで見えなくなっていた。

オートバイでやってきた人が、荷台の人に肩ごしに言うのが聞こえた。

「もしバイクが手に入らなかったら、たいへんなことになってた。今に雷と一緒に放射能がやってくるぜ」

二人がバイアースハウゼンにさしかかったとき、車の列がまたスピードを落とした。バイクの人たちは農道に入り、牧場と畑のあいだをぬって走っていった。

男の人たちが数人がかりで、車を車道から壕《ほり》のほうへ押していた。車の持ち主はそれに逆らうように道の向こう側で絶望の声をあげていた。

「あと一リットル！　あと一リットルあれば、次のガソリンスタンドまで行けるんだ！」

そして道があけられると人々はそれぞれ自分の車に乗り込み、先に進んだ。

壕に半分突っ込んでいる車には老婦人が二人乗っていた。男の人が手を貸して、彼女たちを車からおろすのをヤンナ＝ベルタは何度もふり返って見た。仕方なく、二人は歩きだした。

道の向こう側には二台の車が乗り捨てられていた。だれも乗っていない。バイアースハウゼンの村では道の真ん中で車を乗り換えようとしている家族がいた。きっと友人か親戚の車に出合ったのだろうが、後続の車の人たちは車を乗り捨てた彼らを口々にののしっていた。

ヤンナ＝ベルタは母とカイを思った。今ごろは無事に汽車に乗っているだろうか？

うまく席もとれて、ホッとしている頃だろうか？　そしてヨーは？　ヨーはすでに数時間前から、白い看護師の服を着て仕事をしているはずだった。それとも着替える時間などなくて、赤十字の腕章をはめているだけかもしれない。ヨーのことだから、自分の身の安全もかまわず飛び回っているに違いない。

ヤンナ－ベルタは以前、ビブリスで行われたデモのことを思い出さずにはいられなかった。地元の人たちは頰《ほお》づえをつきながら、開け放った窓ごしにデモの悪口を言っていた。そんな人たちに向かって母は大声で言った。

「もしあなたがた自身の命が脅かされるようなことが起きても――それでもそうやって窓ぎわに寝っころがっていようってわけ？」

どんな恐ろしいことが起きるというのだろうか――ヤンナ－ベルタは想像してみた。彼女はいつだったか広島の原爆の絵を見たことがあった。広島では放射能のせいで髪の毛が抜けた人や、出血や化膿《かのう》、吐き気で苦しんだり白血病にかかったりして死んだ人がたくさんいたという。恐ろしいことばかりだ。なかでもヤンナ－ベルタがぞっとしたのは髪の毛が抜け落ちてしまうということだった。頭がはげて、好奇と憐《あわれ》みの視線にさらされるなんて、耐えられそうにない。

ヨーは、あの広島の地獄のようなところにいるのだろうか？　人々がヨーの腕の中で死んでいっているのだろうか？　それとも、ヨー自身ももう死んでしまったのだろうか？

ヤンナ―ベルタはヨハンナ・ヘルベルトと刻まれたヨーの墓石を思い描いてみた。それともヨー・ヘルベルトと書かれるのかしら？　いや、ヤンナ・ヘルベルトだろうか？

ヨーが若い娘の頃、一人のボーイフレンドがいた。初めてのボーイフレンドだった。彼はヨーのことをヤンナと呼んでいた。ヨーは戦争が終わったらその人と結婚するつもりだったが、彼は戦争の終わる直前の一九四五年五月、戦死してしまった。いや、ヨーの墓石なんて縁起でもないことを考えるのはよそう。ヤンナ―ベルタはヨーのことを頭の隅に追いやろうとした。

南の空には雷雲がもくもくと湧《わ》きあがり、それは今にもニーダーアウラの家々の屋根におおいかぶさろうとしていた。

「見て！　あそこで何か燃えてるよ！」

ウリが指さした方向には茶灰色の煙がのぼっていた。次の村アスバッハだ。

二人は速度を速めた。

アスバッハでは、オーバーヴェクフルトで川の対岸へ渡った車が国道へ戻ろうとしていた。村を貫いて、谷の反対側までつながっている二重の車の列は、交差点の手前で渋滞していた。そこには五台の車がもつれるように止まっていて、一台のバスが真っ赤な炎をあげながら燃えていた。両側の歩道にはバスの乗客や車に乗っていた人たちが、口々に声をあげている。バスの運転手はなんとか車を交差点の外へ動かそうとしたが間に合わなかったようだ。燃えさかるバスは道をふさぎ、交通を遮断してしまっていた。子どもたちの顔は熱で真っ赤になっている。

塗料やゴムの燃える臭いがあたり一面にたちこめている。バスに乗っていたのはほとんどがお年寄りたちで、不安そうに道端に立ちつくすばかりだった。

幹線道路もわき道も車で身動きできなくなっていた。ウリはクラクションの洪水に耳をふさぎ、両足をふんばって燃えさかる炎を見つめていた。

「先へ行くのよ」ヤンナ‐ベルタは肩ごしにふり向いて言った。

花が咲き乱れ、手入れの行き届いた庭を一台のベンツが走り抜けようとした。パンジーの花壇も芝生の上の小人の置物もなぎ倒された。しかしベンツは軟らかい土の上で動かなくなってしまい、車輪だけがその場で空回りをしていた。

煙のあがっている交差点の向こうでは、ほんの百メートルに満たない距離だが、車の列がとぎれていた。そのベンツは、なんとかして交差点を迂回しようとしたらしい。しかし立ち往生してしまったベンツのあとにはすでに車の列ができていて、数人の人たちが必死になってベンツを動かそうとしていた。

そのとき、バートヘルスフェルトのほうから緑と白に塗りわけられたパトカーが近づいてきた。しかしだれも道をあけようとはしない。パトカーは仕方なく道の端を進んできたが、渋滞した交差点の手前でブレーキをかけると、道をふさぐようにして止まった。三人の警官が中から飛び出すと、一人がメガホンを口にあてて言った。

「国道62号線はここからバートヘルスフェルトまで通行禁止になりました。バートヘルスフェルトでも住民の避難が始まっています」

「私たちは駅に向かってるんだ！」だれかが叫んだ。

すると警官は吠《ほ》えるように言った。

「行っても無駄です！　バートヘルスフェルトは町中がパニック状態です。車は身動きがとれませんし、市外に出る道路もいっぱいです」

「冗談じゃないぜ！」男の人が吐き捨てるように言った。

「じゃあ、いったいどこへ行けっていうの？」女の人は金切り声をあげた。

ベンツを押していた人たちは、かまわず作業を続け、警官のことばには耳を貸そうともしなかった。

しばらくしてベンツはやっと庭から脱出し、歩道の上を左右に揺れながら車道に戻った。あとの車がそれに続いた。

「止まりなさい！　ここから先は通れません！」メガホンの警官はどなった。

「行ってみなきゃわからんさ」ベンツのハンドルを握っていた人はそう言って警官のほうに向かって進んだ。

ヤンナ‐ベルタは警官がピストルを引き抜くのを見た。彼女はウリに言った。

「いらっしゃい。農道を行くのよ」

二人が村はずれから続く細い道に入ろうとしたとき、後ろで銃声と叫び声が聞こえた。

「だれか撃たれたの？」ウリがふり向きながら言った。

「空に向けて撃っただけよ」ヤンナ‐ベルタは答えた。

彼女は雷雲のほうを見あげた。そしてウリをいったん止まらせると、ジャケットを着るように言い、さらに頭からフードをかぶせた。

「なんでだよう。こんなに汗かいてるのに！」ウリは口をとがらせて言った。

しかしヤンナ‐ベルタはウリにフードをかぶるよう、強制した。するとウリは、何か飲ませてくれないともう先には行かないとゴネ出した。

「もうすぐそこがフルダ川だから、そうすれば水を飲ませてあげる」

ヤンナ‐ベルタは当てずっぽうに言った。ウリは黙った。嘘だと思っているのだろうか？　それとも口もきけないほど疲れているのだろうか？

「来なさい。後ろに乗るのよ」

「僕の自転車はどうするの？」ウリは言った。

「ここに放っておくしかないわ」

「僕の自転車を？　そんなのいやだよ！」

ウリはまたペダルを踏み始めた。

家並がとぎれると、鉄道の土手に突きあたった。それはバートヘルスフェルトに向かう国道と平行に走っている土手で、細い道が土手と畑を隔てていた。ヤンナ－ベルタはこの道を進もうと決心した。車が通るには狭すぎた。これなら車を気にしないで走れると思った。ヤンナ－ベルタはウリと並んで走るようにした。道には草が伸び放題で、二人はゆっくりと注意しながら進んだ。

ウリは息をはずませ、腕で鼻や目をこすりながら走っていた。そのときヤンナ－ベルタは遠くから近づいてくるエンジンの音を聞いた。ふり向くと、車の列が国道からこちらに向かってくる。

クラクションを鳴らしながら二台の車が突っ切り、畑を横切って走ってきたが、車はじきに動かなくなってしまった。春の土は軟らかく、粘り気がある。一台のトラックが細い農道に入り、村のほうに戻ると家並の中へ消えていった。

道はどんどん狭くなり、両側から道をふさぐよう伸びているイラクサがウリの顔をむちのように打った。そして、それまでずっと続いていた車のわだちが、家畜用の柵《さく》のところで消えた。ウリは泣き出した。ヤンナ＝ベルタも涙が出そうになった。二人は止まって、自転車を横倒しにした。

ヤンナ＝ベルタは、ヨルダン家の人々と行動を共にしなかったことを今になって後悔した。ウリがしがみついてきた。ヤンナ＝ベルタは弟を抱きしめた。どうしたらいいのだろう？　村へ戻って、北へ行くほかの道を探してみようか？

もう三時になっていた。そのとき、土手の向こう側からエンジンの音が聞こえてきた。二人はまた自転車を起こし、斜面を駆け登ったが、ヤンナ＝ベルタはつまずいて、少し下にずり落ちた。ウリが先に土手の上にたどり着いた。ウリは大声で言った。

「ヤンナ＝ベルタ！　下にいい道があるよ！」

彼女がやっと斜面から自転車を引きずりあげると、ウリが線路の向こうで手を振っていた。その後ろからは車の音が聞こえてくる。ヤンナ＝ベルタが自転車を持ちあげながら線路を渡ると、眼下には菜の花畑が広がっていた。すばらしい眺めだった。輝くばかりの菜の花の黄色！　ウリは勝ち誇ったように両腕をあげ、向こう側の斜面を下に向かって自転車を走らせた。ヤンナ＝ベルタは大声を出した。

「気をつけて！　そんなことをしたら――」

そう言いかけたとき、ウリはすでに自転車からふり落とされ、頭から突っ込むようにして下の道へ舞い落ちていくのが見えた。そのとき一台の車が猛スピードで走ってきた。自転車が引っくり返った。荷台からはずれたテディベアが弧を描いて土手の下に落ちた。

「ウリ！」ヤンナ－ベルタは叫んだ。

車は速度をゆるめず突進してきた。鈍い音がした。

しかし、車は土ぼこりを残したまま遠ざかっていった。

●4 ウリの死

ヤンナ―ベルタは呆然《ぼうぜん》とその場に立ちつくしていた。身じろぎもしなかった。土煙がひくと、そこにはウリが横たわっていた。少し離れたところにはテディベアがころがり、その横に自転車が倒れている。自転車はハンドルが曲がっているだけだったが、前輪がカラカラと回り続けていた。フードに包まれたウリの頭は異様に平たく、頭の周囲には血だまりができていた。血だまりは見る見るうちに広がっていく。ヤンナ―ベルタは自転車を放り出すと土手の斜面を駆けおりて、ウリのそばにかがみこんだ。

ヤンナ―ベルタはまだ温かい弟の手をさすりながら、村のほうからこちらへ向かって来る車の列のほうを見ようともしなかった。ここにはウリが横たわっている。だれも通しやしない。彼女は道路の真ん中にしゃがみこんだ。

先頭の車が止まった。ひげ面の男の人と赤毛の女の人が車からおりてきた。その後ろからはけたたましくクラクションを鳴らす音が聞こえる。クラクションの合唱はどんどん大きくなった。赤毛の女の人はヤンナ―ベルタを抱きかかえるようにして起こした。

「バートヘルスフェルトの駅へ行くのね」彼女は言った。

「乗りなさい」ひげ面が言った。

「一緒に連れて行ってあげるから。子どもたちが詰めれば乗れるからね」

「ウリも連れていかなきゃ」ヤンナ―ベルタは言った。

「ウリ？　もしかしてこの子のことを……」赤毛の女の人は言った。

ヤンナ―ベルタはふり向くと、彼女をにらみつけるようにした。

「弟なんです！」彼女は叫んだ。

「もう手の打ちようはない」ひげ面は静かに言った。

クラクションの音はさらに激しくなり、だれかが言うのが聞こえた。

「道をあけてください！　それとも手伝いましょうかあ！」

「ウリも一緒に」ヤンナ―ベルタは言った。

「ウリも一緒でなきゃ……」

「みんな頭に血がのぼってるんだ。急ぎなさい」ひげ面が言った。

彼はウリの自転車を斜面に倒し、ウリを抱きかかえると菜の花畑の中へ分け入り、ウリを横たえた。戻ってきた彼のシャツは血で染まっていた。

「いや！」ヤンナ－ベルタは叫んだ。

「いやよ！」

ヤンナ－ベルタは菜の花畑に走って行こうとしたが、女の人に腕をつかまれ引き止められた。ヤンナ－ベルタは手をふりほどこうとしてもがいた。するとひげ面が彼女の頬《ほお》を打った。ヤンナ－ベルタはガックリと膝《ひざ》を折ると抵抗する気力もなくし、車の中に運び込まれた。

後部座席に乗っていた三人の女の子はびっくりしたように身を引いた。

「早く！」赤毛の奥さんは言った。

「でないとみんな私たちのほうに向かってくるわ！」

二人は座席に身を投げるように座るとドアを閉め、車を発進させた。後ろには車が連なっていた。すべては三分たらずの出来事だった。二人は口を閉ざし、子どもたちも口をつぐんでいた。ヤンナ－ベルタは我を失ったままだった。

車がフルダ川の岸の草地に止まると、奥さんが子どもたちを車から引きずり出すようにしておろした。ヤンナ－ベルタは初めて顔をあげた。近くに家並が見えた。バートヘルスフェルトに着いたのだ。遠くで雷の轟《とどろ》きが聞こえていた。

「あなたも一緒に来るのよ。ここじゃ迷ってしまうわ」

奥さんはそう言って手をさし出した。ヤンナ－ベルタはことばに従ったが、彼らの声がまるで厚い壁ごしに聞こえてくるように感じられた。

ひげ面は車のトランクからパンパンに膨らんだリュックサックを引きあげると、それを背負い、五歳ぐらいの女の子を抱きあげて肩車をした。赤毛の奥さんはまだおしゃぶりをしている末の娘を前に抱き、ちょうどウリと同い年ぐらいだろうか、一番年上の女の子の手を引いた。車をロックし、彼らは街の中心に向かって歩き出した。

ヤンナ-ベルタは後ろをふり返った。木々のあいだから町の中心にそびえるアイヒホーフ城の城壁が見え、いたるところに黄色に輝く菜の花畑が見え隠れしている。

「スザンネの手を引いて。そして互いに見失わないようにするのよ」奥さんが言った。ヤンナ-ベルタは年上の子の手をとったが、彼女の足取りはまるで夢遊病者のようだった。

目の前にバートヘルスフェルトの街が広がった。

「もう少し速く歩くんだよ」ひげ面はスザンネに言った。

「急いで駅まで行かないと雲に追いつかれてしまうからね」

「雨が降ってきたらどこかで雨宿りをすればいいじゃない」スザンネは息をはずませながら言った。母親は夫のほうをちらりと見てから言った。

「そのとおりね、スザンネ。でも、ぬれると風邪を引いちゃうかもしれないでしょ」

父親は首を振り、一瞬何か言いたそうにしていたが短く言った。

「おいでスザンネ。少し走ろう！」

スザンネの目から涙が流れた。肩の上の妹も大声で泣き出した。彼らは駆け足で先を急いだ。

赤毛の奥さんがヤンナ－ベルタにたずねた。

「あなた、この街に詳しい？」ヤンナ－ベルタはうなずいた。

「ここをよく知ってるって！」彼女は何歩か後ろを歩いている夫に向かって言った。

「助かったわ」

そして彼女はヤンナ－ベルタに命令するような口調で言った。

「駅よ、わかる？　駅へ行く最短の道よ。きっとバートヘルスフェルトの住民を優先しているに違いないけど、私たちもこの街の者ですって言うのよ。こんなときはどうせだれもチェックしないし、子どもを四人も連れていればしつこく聞かれることもないわ。今どきだれが四人も子どもがいるもんですか」

「四人？」ひげ面はたずねた。

「わからないの？　この子はうちの長女よ！」彼女は言った。

「ああ、そうだな。もちろんさ」夫は言った。

そして赤毛はヤンナ－ベルタに向かって言った。

「もしだれかにたずねられたら、私たちはバートヘルスフェルトのホイブラーですって言うのよ。いい？　ホイブラーよ。そして私たちをママ、パパと呼んでね」

「いやよ」ヤンナ＝ベルタは言った。

「何も本気で言ってるんじゃないわ」彼女は荒い息をしながら言った。

「とにかく早くここから脱出するための手段なの。あなたもここを出たいでしょう？　何もあなたから両親を取りあげようっていうんじゃないんだから」

それでも、ヤンナ＝ベルタは首を横に振った。

すると彼女は我慢しきれないようすで言った。

「それならこうしましょう。彼はベルト、私のことはマリアンネって呼べばいいわ。それから子どもたちはスザンネとニーナとアニカよ」

ヤンナ＝ベルタには、その声が遠くから響いてくるように聞こえた。彼女は放心したようにうなずいた。

「あなたは？　なんていう名前なの？」マリアンネがたずねた。

「ウリ」ヤンナ＝ベルタは言った。

「ウリ？　ウルリケの愛称ね。それじゃウリ・ホイブラーがあなたの名前よ。少なくとも汽車に乗るまではね」マリアンネ・ホイブラーは言った。

後ろをふり向くと、緑の風景の上には真っ黒な雷雲がかぶさり、もう少しで太陽をおおい隠そうとしている。轟きが聞こえてきた。

「キョロキョロするんじゃない！　子どもたちがこわがるじゃないか」

ベルト・ホイブラーは言った。

ヤンナ−ベルタは言われるままに、また前を向いた。街はずれのこの付近は彼女も不案内だったが、修道院の廃墟《はいきょ》にそびえる塔が見えていた。二年前、まだガールスカウトに入ったばかりの頃、集合場所に向かうときにいつもこの塔を目印にして歩いたものだった。

一戸建の家と家庭菜園の並ぶ通りを過ぎ、手入れの行き届いた公園を抜けた。ヤンナ−ベルタはただ塔を目指して歩き続けたが、まわりで何が起こっているのかはわからなかった。

しかし街の中心部まで来ると街中の興奮が伝わってきた。あらゆる方向からひっきりなしに車のクラクションが聞こえ、救急車や警察の車の鳴らすサイレンが高まったかと思うと、どこかに吸い込まれたかのようにまた静かになる。どこか遠くでガヤガヤと人声がする。叫び声、呼ぶ声も聞こえる。軍隊の車がものすごい勢いで走っていった。

ホイブラー家の人々とヤンナ−ベルタは、街を囲む環状道路を横切った。道路は車という車でいっぱいだった。子どもたちを満載したバスが何台もいた。しかし横断歩道で止まろうとする車はなく、道を渡るには車のあいだをすり抜けるようにするほかなかった。

交差点の信号は赤なのに、突然車が動き出した。けたたましくクラクションが鳴った。ホイブラー家の人々はちょうど道を渡ろうとしていたが、ヤンナ－ベルタは突進してくる車に気づいて鋭い叫び声をあげた。彼女はスザンネを引きずるようにして歩道に跳びのいた。スザンネはよろけてアスファルトの上に膝をついた。

マリアンネは嘆くように言った。

「ああ、なんてこと……でもスザンネ、大丈夫ね。さ、行きましょう」

そこら中で人々は荷物を詰め、鞄《かばん》を引きずり、道を急いでいた。

ヤンナ－ベルタたちが駅に近づくにつれて、同じ方向へ向かう人たちが増えてきた。荷物をいっぱいかかえている人もいれば手ぶらの人もいる。よそいきの服に身を包んでいる人もいれば、台所や作業場から飛び出してきたような格好の人もいる。毛皮のコートに帽子をかぶった女の人が両手に重いトランクをさげ、つんのめるようにして向かい側の歩道を歩いている。ヤンナ－ベルタたちの前を歩いている女の人は、背中のファスナーをしめ忘れたままだ。小さな女の子が、自分よりも大きな人形をかかえている。子犬を入れたかごを体に押しつけるようにしているおばあさんがいる。トルコ人の男は背中に電気ミシンをくくりつけていた。

そのとき、スザンネが歩道の真ん中に置かれていた箱につまずいた。箱はひもがかけられていたが、持ち主はいないようだった。スザンネの膝から血が流れ、彼女は大声で泣き出した。どんなに手を引いてもスザンネは先へ行こうとしない。仕方なく、ヤンナ＝ベルタはスザンネをおぶった。

シャッターの閉まる音が聞こえてくる。しかしほとんどの店はとっくに戸を閉めていた。

歩行者ゾーンで国境警備隊の車がパトロールしていたが、あっという間に情報や指示を求める人々に取り囲まれてしまった。しかし制服姿の隊員たちも肩をすくめるだけだった。

「バス輸送はありません」一人の隊員が言った。

「道路はもう通れません。駅へ行って下さい。駅ならまだチャンスがあるかもしれません」

みんな、駅前に殺到した。中央口の前で人々は叫び、怒鳴り、押しあいへしあいしていた。赤十字の人たちが人波をかきわけて整理しようとしていた。

子どもたちが泣きわめいている。警官や駅員たちもなんとかして秩序を取り戻そうとしていたが、だれも指示に従わず、また注意を払う者もいない。

「もうすぐ雨が来るぞ！　放射能が来る！」だれかが言う声が聞こえた。

女の人が叫んだ。

「子どもを！　子どもだけは中に入れて！」

ベルトが絶望したように言った。

「駅へは入れそうもない」

あらゆる方向から駅の入口のほうへ人が押し寄せてくる。どうにかして入口を見つけようと、人波は右へ左へと揺れた。ホイブラー家の五人とヤンナ－ベルタは建物に沿って駅舎の北側へと流された。駅舎は二つに分かれていて、そのあいだには煉瓦《れんが》塀が渡されていた。そして塀には鉄格子のはまった門があって駅前広場とホームを隔てている。

門の前で人が動いた。二人の警官がゴムでできた警棒をふりかざしていたが、人々は警官たちを押しのけ、塀をよじ登ろうとしていた。塀は手をのばせば上の縁に届くくらいの高さで、ところどころに透かしもようの穴があき、その穴には足をかけることができた。そのとき、殺気だった人々に恐れをなしたのか警官たちが逃げ出した。するとと喚声《かんせい》に吸い寄せられるように人波が塀のほうへ動き、ヤンナ－ベルタたちもそちらのほうへ引き寄せられた。

塀の前は我先にとホームを目指す人々で大混雑だった。穴のあいだからは、ホームの人々の向こうに止まっている列車の上部が見えた。列車の屋根にも人が鈴なりになっている。白いワイシャツにネクタイをしめた男の人がいたが、二人ともシャツは破れて真っ黒に汚れ、片方の靴が脱げたままの女の人もいた。

突然、列車がゆっくりと北の方向へ動き出した。ホームに取り残された人々は声をあげて拳《こぶし》を振りながら、列車のあとを追って走り出した。窓に手をかけたりデッキのそばの把手《とって》に飛びつく人たちもいる。

塀のそばまで来ると、ベルトはニーナを肩からおろしてマリアンネの腕に押しつけた。そして、リュックを置いて塀をよじ登り、マリアンネに子どもを一人ずつ渡すように言った。

塀の向こう側には親切な男の人がいて子どもたちを受け取ってくれた。続いてヤンナ－ベルタも塀をよじ登った。こういうことは彼女は得意だった。マリアンネもあとに続こうとしたが、太り気味の彼女はなかなかお尻《しり》があがらない。子どもたちは塀の向こう側の人波にもまれて、大声で両親を呼んでいる。

「子どもたちに気をつけていてくれ」

ベルトはそう言うと一番小さいアニカを腕に抱き、四人を塀のそばの屋根の下まで連れていくと、ヤンナ－ベルタに建物の壁ぎわから絶対に動かないようにと念を押した。そして彼女にアニカを渡すともう一度壁を越えて外に出た。

ちょうどそのとき、塀を乗り越える人々を阻止するため国境警備隊がホームの人ごみをかきわけてやってきた。塀の向こうからは道をふさがれた人たちの非難の声が聞こえてきた。みんな不安そうだった。その中にベルトの声も聞こえたような気がした。ヤンナ-ベルタの腕に抱かれているアニカは錐《きり》で刺されたように泣きわめいている。きっと見知らぬヤンナ-ベルタがこわかったのだろう。ニーナとスザンネは互いに抱き合っている。

ホームの人波はどんどんふくれあがった。きっとどこかにもう一つ入口があるに違いない。リュックサックやほかの人の肩が、何度も何度もアニカの頭にぶつかった。ヤンナ-ベルタはアニカを守るため、腰を落とした。ニーナとスザンネも壁を背にして、膝をあごにくっつけるようにしてしゃがんだ。

そのとき、女の人が子どもたちの前でつまずき、ヤンナ-ベルタの上にかぶさるようにしてよろけた。驚いたニーナはまた激しく泣き出し、両親を呼んだ。ヤンナ-ベルタは立ちあがり、困ったように塀の向こう側を見やった。彼らはいつになったら戻ってくるのだろう? 制服の隊員たちが通さないのだろうか?

すぐそばでは人々が駅員を取り囲み、質問攻めにしていた。

「ミュンヘンからの特急列車? ヒュンフェルトで線路がブロックされています。列車が機関車に衝突されたんです。それにシュヴァインフルト地方はすべての交通が遮断されています。汽車は一本も走っていません。放射能汚染がひどいんです」

「じゃ、私たちはどうなるんだ?」何人かが同時に言った。

「ベブラから列車を回しています。もうすぐ次の列車が入ってきます」

そう答えると駅員はその場を離れようとした。

「うちの人は歩けないんです！」一人の女の人はそう叫ぶと駅員の腕をつかんだ。

「ここまで、やっとのことで車椅子《くるまいす》を押してきたんです。でもどうやってこの混雑の中を動けばいいんですか？」

駅員は肩をすくめた。そして彼女の手をふりほどくと言った。

「落ち着いて下さい。——でないと何も事が運ばないんです！」

ヤンナ-ベルタは母のことを思った。そしてカイ。カイは、今腕の中にいるアニカとそう変わらないくらいの年だ。二人ともうまく脱出できただろうか。それとも身動きできなくなっているのだろうか。そしてヨーは？

突然、みんなが頭をあげたかと思うと一斉に北を向いた。貨物列車が後ろ向きに駅に入ってきたのだ。一部は屋根もなく、家畜車までつながれている。みんな声をあげて突進した。ヤンナ-ベルタたちは壁から引き離され、反対側の塀に押しつけられた。塀の向こう側では怒鳴り声が渦巻いていた。流されながらヤンナ-ベルタは叫んだ。

「お願い！　だれか来て！」

子どもたちの名字を呼ぼうとしたが、どうしてもホイブラーという名が思い出せない。何十人もの手が鉄格子を握りしめていた。手が右へ左へと揺れる。内側では国境警備隊が必死になって彼らを阻止しようとしていた。門がきしみ、鉄と鉄がぶつかる音がしたかと思うと、門が視野から消えた。ヤンナ－ベルタたちは押されてはね飛ばされ、子どもたちは声をあげた。

「しっかりつかまっていて！」ヤンナ－ベルタは叫んだ。

「離しちゃだめ！　もうすぐパパとママが来るからね」

最初に姿を見失ったのはニーナだった。ニーナの声がしばらく人波の中で聞こえていたが、やがて「スザンネ！」と呼ぶ甲高い声を最後にわからなくなった。

その次にスザンネがいなくなった。彼女はトランクや足やスカートのあいだに吸い込まれるように消えてしまったのだ。

ヤンナ－ベルタはアニカを胸に押しつけると、人をかきわけながら子どもたちの名を呼んだ。彼女は頭をこづかれたり、罵声《ばせい》を浴びせかけられた。もう立っているのがやっとだった。門の前から人々が「よいしょ！　よいしょ！」と声を合わせるのが聞こえていた。どこかに子どもたちのブロンドの頭が見えないかと、ヤンナ－ベルタは周囲を見渡した。

そのとき、一気に門が開くのが見えた。ものすごい外からの圧力だった。人々がどっと押し寄せ、そばに立っていた人はみんな、踏み倒された。今しがたニーナの声が聞こえたところには、大きな渦ができていた。

人々は手をふり回し、ほかの人を蹴散《けち》らし、倒れている人たちも踏みつけた。ヤンナ–ベルタはかろうじて、さっき立っていた壁ぎわに逃げることができたが、そこへホイブラー夫妻が走ってきた。ヤンナ–ベルタは息をはずませながら、アニカをベルトの腕に渡した。

「あとの子どもたちは？」マリアンネが叫んだ。

「ねえ、あとの二人はって聞いてるのよ！」

ヤンナ–ベルタは黙って、門と列車のあいだの人の渦のほうへ視線を移した。マリアンネの目から涙が噴き出した。見る見るうちに顔が歪《ゆが》んだ。そしてヤンナ–ベルタの肩をつかむと、ものすごい勢いで揺すった。

「あんた！　――あんた！」彼女は金切り声をあげた。

突然ヤンナ–ベルタは笑い出した。彼女は自分の笑い声がよく聞こえた。それは、甲高く、ひきつった、狂気の声だった。

止めようとしても止めることができない。笑い続けるよりほかなかった。彼女は両手を顔の上にあげると、マリアンネの手をふりほどいた。そして、荷物や子どもたちに足を取られながら、人波に逆らって進んだ。開いた門からはどんどん人が中に入ってきたが、ヤンナ–ベルタは人をかきわけて駅前広場に出た。ちょうど装甲車が広場へ入ってきたところだった。上空ではヘリコプターが円を描いている。街のどこかで銃声が聞こえた。行き先も考えず、ヤンナ＝ベルタは駅を離れた。彼女の笑い声はヘリコプターと雷の轟きにかき消された。

ヤンナ＝ベルタは今や空をおおいつくした暗雲の中へと走り出した。

雨が一滴、空から落ちた。

5 激しい雷雨

ヤンナ―ベルタは本能的に南へ向かって走り出した。南へ行く人などだれもいなかったが、不安で顔をひきつらせた人々とすれちがった。紙くずが空に舞い、木々は嵐の前にあえぐようにして枝を曲げている。ヤンナ―ベルタの長いブロンドの髪も風になびいた。

あの菜の花畑。黒い雷雲のもと、ヤンナ―ベルタは黄色に輝く花畑を目指していた。

ウリはきっと菜の花の中で途方にくれて、うずくまっているに違いない。一人取り残されて淋《さび》しい思いをしているに違いない。車のあとを追っていた犬のように。そして祖父母の居間に置き去りにしてきたココのように。この黒く恐ろしい雲の下で、泣きながらヤンナ―ベルタの名を呼んでいるに違いない。なぜ弟を置き去りにしてきてしまったのだろう。母はあんなにウリのことを気づかっていたというのに！

稲妻が走り雷鳴が轟《とどろ》いた。雲はヤンナ―ベルタも街も菜の花畑も、そして放置された車や逃げまどう人々をもおおっていた。人々は不安のあまりパニック状態になり、屋根や軒下を求めて汚染された雨から身を守ろうとしていた。

雨にもかまわず歩いているのはヤンナ−ベルタだけだった。

菜の花畑！　菜の花畑！　彼女の頭にはもうそのことでいっぱいだった。

「ウリ、こわがることはないよ！」

雨が服を通してヤンナ−ベルタの肌をぬらした。

「大丈夫よ、すぐ行くからね！」ヤンナ−ベルタは叫んだ。

激しい雷雨だった。一歩踏み出すごとに靴の中で水がグチュグチュと音をたてた。髪の毛は額にはりつき、雨のしずくが目や口の中に入ってくる。

橋の上で車が列を作っている。車もみんなこちらの方向へ向かおうとしていた。雨が車の屋根を激しく打っている。どの車も窓はきっちりと閉められ、曇った窓ガラスの内側の人の顔は見えなかった。橋の上を歩いているのはヤンナ−ベルタ一人だった。車が一台、彼女の横をすり抜けながらクラクションを鳴らした。中の人は窓ガラスを手でぬぐうと、興奮した表情でヤンナ−ベルタに何か合図をした。

しかしヤンナ−ベルタは一刻も無駄にしたくはなかった。菜の花畑へ、ウリのところへ行かなければならないのだ。ヤンナ−ベルタは黄色い畑が遠ざかっていくような気がして、足を速めた。やがて気がつくとアウトバーンのそばまで来ていた。道路標識の文字も読めないほどの土砂降りだった。でもヤンナ−ベルタには道路の行き先などうでもよかった。

　彼女の目には目指す菜の花畑が見えていた。ところが、それはどこまで歩いても近づくことができないのだ。空が少し明るくなり、雨が小降りになったがヤンナ－ベルタはもう、それ以上歩けなくなっていた。

　彼女はあえいだ。びしょぬれの靴の中で足が靴ずれを起こしていた。かなり気温が下がったせいか体が寒さでガタガタ震え出した。頭のてっぺんから足の先までびしょぬれだった。

　だれかが車の中から声をかけた。

「戻りなさい！　そっちへ行くとたいへんだぞ！」

　突然、目の前から菜の花畑が消えた。彼女はパニックに陥った。なぜ見失ってしまったのだろう？　ずっと、黄色い畑を目指して歩いてきたのに。

　再び歩き出そうとしたが、足がふらついて思うように進まない。アウトバーン入口のカーブまで来た。ヤンナ－ベルタには道がまっすぐ続いているように見えた。おぼつかない足取りで、そのまま進もうとしたとき、車がすぐそばを走り抜けた。鋭いクラクションの音で我に返ると、アウトバーンの上に立っているのに気づいた。

　ヤンナ－ベルタはふらふらと、ガードレールに沿って歩き出した。ふつうは歩行者の通行が許されていないところだ。しかし注意する人もいない。

東ドイツのアイゼナッハに向かう車線も込み合っていた。しかし、車は流れていた。ヤンナ―ベルタにとってはもう、どちらの方向へ向かおうが同じだった。ただ菜の花畑に着きさえすればよかった。

車道のわきにある非常用電話を見つけると、ヤンナ―ベルタは元気づけられたような気がした。彼女は電話を取りあげ耳を澄ますと、「ママ？　パパ？」とつぶやいた。しかし、電話の向こうから聞こえてきたのは知らない人の声だった。ヤンナ―ベルタは受話器をおろすと、電話柱にもたれたまま、その場に座り込んでしまった。

ときどき、車が通り過ぎて泥水をはねていく。しかしヤンナ―ベルタは気にとめようともせず、目を見開いたまましばらくそうやって座っていた。雨がやんだあと、道には小川のように水が流れ、水たまりから蒸気が立ち始めた。畑の上にはもやのようなものがかかっている。そして、ものすごい速さで動いていく雲のあいだから、ところどころに青空がのぞいた。

突然、派手な色をしたバスがタイヤをきしませながらブレーキをかけ、ヤンナ―ベルタの座っている路側帯に入ってくると止まった。窓が上から下へすーっと開き、そばかすだらけの若い女が顔を出した。

「一緒に乗って行く？」

ヤンナ―ベルタは答えなかった。頭をあげようともしなかった。

そばかすの女性は車をおりてヤンナ－ベルタに向かって歩いてきた。

「ずぶぬれのままで、ずっとここに座っているわけにもいかないでしょ」彼女は言った。

「いいんです」ヤンナ－ベルタはつぶやくような声で言った。

「どこへ行きたいの？」

「菜の花畑」

そばかすの女性はバスのほうをふり向いて運転手に手招きをした。運転手は金髪を長くのばした若い男だった。

「ごらんなさい。かわいそうに。おかしくなっちゃったのね」

彼女は落ち着いた声で言った。

「まだ子どもじゃないか」彼は言うと、ヤンナ－ベルタのそばにかがみこんだ。

「僕たちと一緒に来なさい。行きたいところまで送ってあげるから」

彼はヤンナ－ベルタの腕を取り、立たせようとした。すると、そばかすの女性が言った。

「気をつけて。この子ずぶぬれよ。放射能まみれのはずだわ」

「そんなこと言ってる場合じゃないだろ」彼は言った。

彼らはヤンナ－ベルタをバスに押し込んだ。バスの中のよどんだ空気が彼女を包んだ。数人の声が聞こえ、二本の腕が彼女のほうにのびてきた。積み重なった荷物のあいだに何本もの足が見えた。まぶたが重く感じられた。

ガクンと揺れて車は動き出した。上着やぬれたTシャツを頭から脱がせようとのびてきた手を、彼女は払いのけようとしたが、やがてあらゆる感覚を失ってしまった。しかし温かく、乾いた感覚だけが残っていた。ヤンナ−ベルタはあっという間に眠り込んでしまった。

バスが急ブレーキをかけた。荷物も中に乗っている人間も前に投げ出された。大きなずだ袋のようなものが上からかぶさってきて、ヤンナ−ベルタは気がついた。「国境」ということばが何度も聞こえた。

ヤンナ−ベルタは自分の部屋のベッドに寝ているとばかり思い込んでいた。しかし、目を開けると、ぶかぶかのジーンズととてつもなく大きなTシャツを着せられている。ソックスも靴もなくなっていた。足にははき古されたサイザル麻の靴をはいていた。バカンスで行ったスペインのコスタ・ブラバでみんながよくはいていたような靴だ。軽くてはきやすいのだが、長持ちはしない。素足の指の下で砂の感触がした。

「どう?」さっきの女性がヤンナ−ベルタに声をかけた。

「頭がはっきりした?」

ヤンナ−ベルタはあたりを見回した。彼女のほかには、男が三人、女が三人の合計六人が乗っていた。バスは渋滞に巻き込まれていた。すっかり汚染されていたはずだから」

「服を探したって無駄よ。とっくに窓から捨てちゃった。

彼女は言った。

彼らはバスを降り、まわりの車の人々と話し始めた。ヤンナ-ベルタは横になったままでいた。まだ半分眠ったような状態だったが、聞こえてくる話し声からおおよその状況がつかめた。

アイゼナッハ方面のアウトバーンを進んだ人たちは、ベルリンや東ドイツに逃げる道はすでにふさがれていることを知った。一時間前から東ドイツとの国境は閉鎖されている。大きなトラックが国境の遮断機を突破して後続の車を通そうとしたが、東の警備兵が機関銃で阻止した。その場でターンできた車は再び西へ逃げ帰ってきた。今はヘルレスハウゼン近辺は西からの車で渋滞している。——以上のようなことだった。

「人殺しめ！　同胞を撃ち殺そうっていうんだな」だれかが言った。

「彼らもこちらと同じようにパニックなんだよ」ブロンドの男が言った。

「それに、西の軍隊だって銃で対応している。まだ始まったばかりだ。シュヴァインフルトの閉鎖地区から生きて出てきた人はいない。放射能でやられなくても軍隊に殺されるんだ。汚染された人たちと、そうでない人たちが混ざるのを阻止するために逃げられないようにしているのさ」

「バカなこと言わないでよ。だって、ウサギなんかみたいに人間を撃ち殺せるわけがないでしょう!」そばかすの女性が言った。

「でも命がかかってくると、上塗りしただけのモラルなんて簡単にはがれ落ちてしまう」

ブロンドの男は答えた。

ヤンナ–ベルタはしだいに頭がはっきりしてきた。父が火を噴く銃口の前に叫びながら倒れるようすが目の前に浮かんだ。彼女は思わず手で口をおおった。

長髪の男がハンカチを高くかかげて風向きを調べた。無風状態だった。みんなは急いでまた車に戻った。彼らは国境に沿ってエシュヴェーゲのほうに進み、ゲッティンゲンを通って北ドイツに抜けようということになった。

「あなたも一緒に行く?」そばかすの女性がヤンナ–ベルタにたずねた。

ヤンナ–ベルタはハンブルクのヘルガ伯母《おば》のことを考えた。母は、どんな手段を使ってもヘルガのところへ行きなさいと言った。でも、今となってはもう遅い。

ヤンナ–ベルタ自身は放射能の雲の下、汚染された雨の中を歩き回ってずぶぬれになった。ウリは菜の花畑にいる。父はまだシュヴァインフルトかもしれないし、母とカイは災害地域のどこかにいる。ヒュンフェルトか、あるいはまだシュヴァインフルトの駅で列車を待っているかもしれない。そしてアルムート。彼女はラインハルトとあんなに子どもを欲しがっていた。そしてやっと子どもができたというのに、こんなことになってしまった。

　みんな、みんなこの近くのどこかにいるはずだ。

「いいえ。私はここに残る」ヤンナ–ベルタは答えた。

「生きてるのがいやになったの？」そばかすの女性が言った。

　ヤンナ–ベルタは肩をすくめると、お礼を言って車をおりた。

　フォルクスワーゲン・バスは向きを変え、反対方向の車線を戻って行った。だれかが後ろの窓ごしに手を振るのが見えた。

　重い足取りで、彼女は道を離れた。目の前にはなだらかな風景が広がっている。見渡す限り草原と菜の花畑が広がり、緑と黄の市松もようを描いていた。

　六時。太陽は西に傾き、影が長くなっている。美しく、平和な風景だった。ここは雨が降ったようすはない。見たところ被害をまぬがれたようだった。ヤンナ–ベルタは体を引きずるようにして下り坂をおり、近くの村に向かった。ここがいったいどこなのかもわからない。しかし、そんなことはもうどうでもよかった。「国境近し」という道路表示にも気づかなかった。このあたりの住民はまだ避難していなかった。しかし、道はほうきで掃いたように人っ子ひとりいない。

スーパーマーケットの前まで来たとき、やっと人声が聞こえてきた。人々が群がり車のトランクいっぱいに食料品を積み込んでいる。でも、それは買い物というよりは、略奪と言ったほうが正しかった。ガソリンスタンドの前も大騒ぎだった。車が列をなし、悲鳴や怒号ばかりが行き交っている。ヤンナ―ベルタは水をもらおうと頼んでみたが、ガソリンスタンドの店員はあっちへ行けとばかりに彼女を追い払った。

ヤンナ―ベルタはあてもなく、村をさまよったが、やがてどうしても喉《のど》の渇きが我慢できなくなった。村はずれの家でベルを鳴らそうとしたが、ベルが見つからないので拳《こぶし》でドアをドンドンと叩《たた》いた。窓ぎわのレースのカーテンがわずかに揺れ、足音が近づいてくるのが聞こえた。ドアがほんの少し開いて、隙間《すきま》からおばあさんの顔がのぞいた。

「水だけなら――」と彼女は安心したようにうなずいたが、いぶかしそうに「でも、あなたここの人じゃないわね」と言った。

「シュリッツから来たんです」ヤンナ―ベルタは答えた。

その人はシュリッツがどこにあるか知らないらしく、ヤンナ―ベルタは説明せざるを得なかった。

「フルダの近く?」彼女は叫んだ。

「だってあそこはみんな避難させられたっていうじゃない。すると、あなた――放射能をかぶってしまったの？」

「そうかもしれません」ヤンナ＝ベルタは無気力に答えた。

そのとたんドアが閉まった。そして奥へ足を引きずって行く音が聞こえた。しばらくして、もう一度彼女は戻ってきたが水を持ってきたようすはない。ドアの向こう側から声が聞こえた。「水をあげるわけにはいかないわ。だって、あちらから来る人はみんな放射能にさらされてるってことでしょう」そして咳払《せきばら》いをすると、つけ加えた。「ちょうど今、この地区にも救急病院が設置されたって聞いたわ。警察へ行って、そこへ連れていってもらいなさい」

やがて足音は遠ざかった。ヤンナ＝ベルタはしばらくのあいだそのまま立ちつくしていた。「もう避難民がぞろぞろ来てるわ。まるで戦争直後の頃みたいだわ」おばあさんの声が中から聞こえた。男の人が答えて言った。

「裏の戸が閉まっているか見てきなさい」

ヤンナ＝ベルタは村を抜けると、菩提樹《ぼだいじゅ》の並木を歩き続けた。一度つまずいた。道を横切る線路だった。道の両側には果樹園や畑が広がっていた。

やがて並木道は細くなり、急坂になった。急にヤンナ＝ベルタは吐き気に襲われ、喉がつかえるような感じがした。菩提樹の木に寄りかかって彼女は吐いた。

並木道の向こうには落ち着いた赤い屋根の美しい村が姿を見せていたが、ヤンナ＝

ベルタはそれにも気づかなかった。

さらに進むと、道に通せんぼうをするような形で太い柵《さく》が渡されていて、並木道はその向こうで途切れていた。畑もそこで、音もなく流れる川へ落ち込んでいた。

向こう岸には、もう何年も壊れたまま放置されている橋の残骸《ざんがい》があった。

あたりは暗くなりはじめていた、菩提樹の下に立っている標識には、この川の中央に国境線が走っていると書かれているのがかろうじて読めた。

ヤンナ―ベルタはその柵にもたれ、もう一度吐いた。そして、その場に倒れると体を曲げて大声で泣き始めた。

6 救急病院で

いったいだれにここまで連れてこられたのか、ヤンナ－ベルタにはまったく記憶がなかった。自分がどこで倒れていたのかさえわからない。ヤンナ－ベルタの脳裏にはまだ、行き止まりになった暗い菩提樹《ぼだいじゅ》並木が焼きついていた。

やがて彼女はヘルレスハウゼンという村の学校に運ばれたことを知った。何日か前まではここで授業が行われていたようだった。黒板には先生や生徒の文字や、大きな顔を描いた絵が残っていた。その顔は耳まで裂けた口を大きく開け、ゆがんだ舌を突き出して笑っていた。

明るい感じの教室だった。壁ぎわの棚には工作の時間に作られた作品が並んでいた。丸っこい石を人間や動物の形に組み合わせた上におどけた顔がのっかっている。オーベリックスやリューベツァールなどお伽噺《とぎばなし》の人物や、魔女、ジャガイモの王様もいる。ヤンナ－ベルタも小学校四年生のとき、このような石の人形を作ったことがあった。

確かクリスマスの前で、それは素敵なクリスマスプレゼントになった。祖母のベルタには北欧神話の妖精トロルを、そしてヨーには緑の精をプレゼントした。

教室の窓ぎわに置かれた植木鉢の花は枯れたままだった。机や椅子《いす》は外に出され、教壇と部屋の隅には地図をかけるスタンドがぽつんと残されている。そして机と椅子の代わりに十九台のベッドがきっちりと並んでいたが、最初の二日間は、床に直接マットレスが敷かれていた。ヤンナ－ベルタは大人たちの会話から、この学校は避難地帯に沿って大至急設置された救急病院の一つであることを知った。

ヤンナ－ベルタの寝かされている病室には、彼女のほかに二十五人の子どもたちがいた。みんな怪我をしたり病気になった子どもたちだった。しかしベッドの数がたりず、小さな子どもたちやきょうだいは一つのベッドを共同で使っていた。ヤンナ－ベルタには窓ぎわのベッドが割り当てられていた。すっかりやせこけた自分の顔を鏡で見るたび彼女はぞっとした。

いったいこれはだれ？　目はくぼみ、顎《あご》はとがって肌は青白い、そして艶《つや》を失った髪はくしゃくしゃのまま。だぶだぶのパジャマを着せられたヤンナ－ベルタは、まるで幽霊のようだった。食欲はまったくなく、食べ物を見るだけで気分が悪くなった。せいぜい、薄いスープを飲むくらいだったが、水とお茶だけは浴びるように飲んだ。水を飲むときはだれかが頭を起こして、彼女のひびわれた唇にコップを近づけてくれた。

ヤンナ－ベルタはうつろな目で天井を眺めているか、それとも石の人形に目を向けているかのどちらかだった。話しかけられても、目を閉じて顔をそむけてしまう。名前や出身地を何度たずねられても決して口を開こうとしなかった。

医師は診察のたび、ヤンナ－ベルタのまぶたをこじ開けるようにした。彼女は下痢《げり》もおう吐の症状も出ておらず、国境付近で怪我をして運ばれてきた人たちと比べると、比較的元気なほうだった。しかし医師はヤンナ－ベルタを退院させるわけにはいかなかった。彼女は引き続き観察の必要があった。しかし、一日に一度病室を見回りに来る医師たちがヤンナ－ベルタに視線を向けることもほとんどなかった。多忙をきわめる救急病院では、彼女一人だけをかまっていられるはずもなかった。

ヤンナ－ベルタは、子ども部屋では最年長の一人だった。パジャマの着替えもなかなか彼女まで行き渡らなかったが、彼女より着替えを必要としている子どもたちは多く、あと回しになってもやむをえなかった。

「なんてひどい状態なの！」看護師の一人が腹を立てて言った。

医師は彼女に説明した。

「配給が行き渡らないからだよ。あんなにお粗末な災害対策じゃ何もうまく機能するはずがない。準備は無に等しかった。要するに大至急配備されたのは葬式のための牧師や神父だけだ」

ヤンナ―ベルタは一生懸命に記憶をたどった。チェルノブイリの事故のあと、母は万一放射能の事故が起きた場合どんな対策を立てているのかと、いくつもの市町村の役場に電話で問い合わせたことがあった。確かどの街も、放射能汚染患者を受け入れる用意がないと答えていた。避難所もなければ市民病院にも設備がないという理由からだった。母はさらに災害対策案の内容を見せてほしいと頼んだが、それは公表するものではないからと拒否された。母も父もとても腹を立てていた。しかし、このことをほかの人に話しても、たいていの人は肩をすくめるだけだった。

病室には異様な臭気が漂っていた。絶え間なく吐いている子たちも多かったし、下痢をしている子どもたちは、ほとんど垂れ流しの状態だった。トイレの前はいつも行列だったし、呼ばれるたびに便器を持って駆けつけるのに十分な人員もなかった。

病院の出入りは激しかった。どんどん新しい病人が運び込まれ、容体の悪化した患者はどこかへ隔離されていった。何人もの子どもたちが親に連れられてきたが、大人の病室は別になっているので親たちはいつも子どものようすを見にやってきていた。

夜、ヤンナ―ベルタが眠れないでいると、子どもたちのようすを心配した父母たちがよく病室へ忍んできた。彼らは、子どもがまだ生きているのを確認するとほっとしたように戻っていくのだった。

ヤンナ―ベルタの隣のベッドにはトルコ人の少女が寝ていた。彼女はアイゼという名前で、フルダに住んでいた。ヤンナ－ベルタは赤十字の人が彼女に質問するのを横で聞いていたのだ。アイゼは避難時の混乱の中で両親を見失い、人影の消えた街をさまよっているところを警察に保護された。シェンクレングフェルトの避難テントで彼女は一日中、吐き続けていた。そのテントもいっぱいになり、ここへ運ばれてきたというわけだ。

アイゼが名前をたずねてきたときもヤンナ－ベルタは答えなかった。するとアイゼは泣き出した。彼女は泣いてばかりで、それも夜になると毎夜のように泣いていた。

静かな夜は一日たりともなかった。一晩中、子どもたちのすすり泣きや親を呼ぶ声、恐ろしい夢を見てうなされる声が聞こえた。もっと小さな子どもたちのいる隣の部屋では、日中も胸をしめつけられるような叫び声がとぎれることがなかった。二人の母親と父親が一人、子ども用病室に移ってきた。看護師の数がたりないからだった。

被害をまぬがれたほかの街から派遣されてくる看護師たちの到着をみんな首を長くして待っていたが、自分たちは裏切られ、見捨てられたのではないかという絶望感がしだいに大人たちを支配し始めていた。

ヤンナ－ベルタにはその気持ちがよくわかった。あの菩提樹並木のそばの家で、ドアの隙間《すきま》ごしに見た老婦人のことを思い出すだけで十分だった。しかし大人たちが移動してきたおかげで、青白い顔をした九歳のララは母親と一緒にいられたし、ウリとちょうど同じぐらいの年のフロリアンも両親に世話をしてもらうことができた。フロリアンは茶色の巻毛がごっそり抜け落ちていた。三人の大人たちは比較的元気で、彼らはできる限りほかの子どもたちのめんどうもみようとしていた。

フロリアンの父はヤンナ―ベルタに言った。

「君もそれほど放射能にはやられていない。だから頑張ればよくなるよ」

しかし、母のほうがときどきヤンナ―ベルタのそばに座って髪をなでてくれると、涙をおさえることができなかった。

体を引きずりながらトイレへ行くと、廊下で患者と看護師たちが話しているのが聞こえてくる。いつも耳を傾けるうちに、ヤンナ―ベルタも事故の概要を知るようになった。

今回の事故はチェルノブイリよりもずっと大規模な事故で、何千人もの死者が出て、無数の家畜が小屋や牧場で死んでいるという。しかし正確なことはだれにもわからなかった。すべては推測するよりほかなかった。

原子炉の圧力タンクが吹き飛んだのだと言う人もいた。事故のあった原子炉はいまだに放射能を放出しているとか、西ドイツ中のすべての原発は操業を停止しているという話もあった。噂《うわさ》はどんどん広がり、収拾のつかないところまできていた。

「早く元気にならなきゃだめよ。でないとあなたは最後のトルコ人になってしまうわ。トルコの人たちはどんどん国へ帰って行ってるっていうから」

看護師の一人がアイゼに言うのをヤンナ‐ベルタは聞いた。

「難民もそうらしいわ。それに外国人ばかりかドイツ人までドイツを出ていこうとしているのよ」掃除のおばさんも言った。

何度も「雲」のことが話題にのぼった。それは風に乗ってあっちへ行きこっちへ行き、国内はおろか外国にもパニックをもたらしたという。

「まるで悪魔の雲だわ！」病室の床をふきながら掃除のおばさんが言った。

「天気予報の風向きとはいつも逆のほうへ流れていくのよ。西風だというのに雲は北へ飛んでいくし……」

食事の世話をしている女の人たちは、食料品が日毎《ひごと》にものすごい勢いで値あがりしていると話していた。被災地域以外の人々が、汚染されていない食品を買い込もうとスーパーマーケットに殺到したためらしい。

「学校はどうなってるの？　みんなに遅れた分を、あとで取り戻さなければならないの？」

ララがたずねると、彼女の母親は答えた。

「いいえ。ほかのみんなも今は学校へ行ってはいないのよ。だから、何も心配しなくてもいいわ」

あるとき二人の看護師の話から、ヤンナ－ベルタは全部で三段階の閉鎖地域があることを知った。

第一地区はグラーフェンハインフェルト原発の周辺。伝えられたところによると、そこで生き残った人はだれもいない。おそらくその地域は予測もつかないほど長い年月のあいだ、人が住むことはできないという。その外側に隣接する、バートブリュッケナウからコーブルクにいたる地域が第二地区で、ここも放射能汚染がひどく、数年間は閉鎖されたままになるだろう。そして第三地区の避難民だけは、数か月のちには戻れるようになるだろうということだった。

シュリッツは第三地区に属しているはずだった。しかし、いったい何か月たったら安全になるというのだろう。それにたった一人で家に帰ることになったりしたら？

ヤンナ－ベルタは思っただけで胸が痛くなった。もう考えるのはよそう。

ヘルレスハウゼンに来てから、彼女はできるだけ両親やカイのことは考えないように努めていた。そして何よりもウリのことは思い出さずにいようとした。彼らはもう遠くへ行ってしまった。彼女は一人ぽっちなのだ。

ヤンナ－ベルタがヘルレスハウゼンの救急病院に収容されてからすでに何日かが過

ぎていたが、正確な日数はわからなかった。

そんなとき、内務大臣が被災地をたずねて回っているというニュースが伝えられた。大臣は国境付近で負傷した人々を見舞うため、この救急病院へもやってくるという。ララの母親は興奮して「だったら部屋の空気を入れ換えてシーツを交換しなくちゃ！」と叫ぶと廊下へ飛び出したが、しばらくしてがっくりとうなだれて戻ってきた。彼女は嘆くように言った。

「どうにもならないわ。私たちは汚れ物の山の上にいるようなものよ。シーツは放射能で汚染されてるからと言ってだれも手を触れようとさえしない。かといって新しいシーツが届く見込みもないの」

かなり肌寒い日だというのに彼女は窓を開け放った。そして娘のそばに座るとマットレスの下から櫛《くし》を取り出し、あわててララの髪をとかし始めた。

彼女が、抜けて櫛に引っかかった髪を、娘の目に触れないようにこっそりとマットレスの下に隠すのをヤンナ＝ベルタは見た。ララにはマットレスを起こすだけの力はなかった。

「大臣なんて事故を起こした原子炉の中へ追っ払ってしまえばいいんだ。それが公平というものだ」フロリアンの父が言った。

するとフロリアンの母は言った。

「それなら大臣一人ではすまないわ。今回の事故の責任者を追い払うっていうんならグラーフェンハインフェルトの周辺地域だけじゃ場所がたりないわ。これは政治家だけの問題じゃない。私たちだって文句は言えないと思うの。だって民主主義の社会なんだから、政治家を選んだ私たちの責任だってあるわ」

しかし父親は言った。

「今日こそはヤツの首ったまをつかんでやる！」

母親はあきらめたように首を振った。

ヤンナ－ベルタは、大臣とはどんな人だろうかと思った。テレビや新聞の写真で見た限りでは快活そうだが、いつもなんとなく皮肉っぽい笑いを浮かべた人だった。ヤンナ－ベルタの両親はよくこの大臣のことを話題にしていたが、彼の言動にはしょっちゅう腹を立てていたものだった。

またフロリアンの父が言った。

「ヤツに聞いてやる。良心に恥じるところがないのかって」

「まわりの人がそんなこと質問させはしないわ。それに、できたとしても答えるもんですか」

母親は言った。

フロリアンの父は黙った。

「私なら、そもそも良心をお持ちなんですかって聞きたいわ」母親は言った。

そのときララの母親がフロリアンの父親に言った。

「お願いですからけんかはよして下さい」

父親はちょうど手に持っていたフロリアンの便器を拳骨《げんこつ》で叩《たた》いた。それはゴングのような音をたてた。そして彼はフロリアンのほうへかがむと、やさしく便器をあてがった。フロリアンは激しいことばの応酬に驚いて涙を浮かべていた。

昼食の時間に、学校の上空をヘリコプターが低空で旋回する音が聞こえてきた。しばらくすると前庭にパトカーとジープが止まった。ヤンナ－ベルタは体を起こし、窓の外を見た。車からおりてくる男たちの中に大臣の姿が見えた。さすがに今日は笑ってはいない。大臣はオーバーオールのようなものを着て、私服の警官や随行員に囲まれて立っている。男の人ばかりだ。彼の部下やこの地区の役人たちなのだろう。

医師の一人が大臣に、緊張した面持ちで挨拶《あいさつ》をした。そして一行はヤンナ－ベルタの視野から消えた。ヤンナ－ベルタはベッドを離れて、石の人形の置かれた棚へ近づこうとした。

五歩、六歩——なんて遠いのだろう。彼女は棚にたどり着くと、一番できのいい石の人形を取りあげた。

「あなた、そこで何してるの？　ベッドに戻りなさい！」

ララの母親が言った。しかし、ヤンナ―ベルタは動こうとはしなかった。彼女は全身の力が抜けるのを感じた。汗が噴き出した。

ヤンナ―ベルタは助けを求めるようにフロリアンの父のほうを見たが、彼はベッドのあいだに直立不動のままでいる。病室は静まりかえった。みんな聞き耳を立てている。隣の部屋からは小さな子どもたちが泣き叫ぶ声が聞こえていた。

外の廊下の足音や話し声が大きくなった。ヤンナ―ベルタはドアのほうを見つめた。ドアが開いたが、大臣の姿もお付きの人たちも見えない。開いたドアの陰になっているのだ。

「ここは比較的軽症の児童が収容されています。彼らの半分ぐらいは助かる見込みがあるでしょう」医師の声が聞こえた。

大臣が挨拶をした。恥ずかしそうにそれに答えたのは、ララの母親と数人の子どもたちだけだった。ヤンナ―ベルタはこっそりとフロリアンの父のほうを見た。しかし彼は黙ったままだった。

「ドクター、おっしゃるとおりです」大臣が言うのが聞こえた。

「ここはほんとうにひどい。ひどいです。配給はこの病院を優先するように至急、手配させましょう。最優先です。すぐに物資が届くようになりますよ」

なぜ、フロリアンの父は何も言わないのだろう？　ヤンナ―ベルタは石の人形を持った手をあげた。それと同時にドアがパタンと閉まった。石の人形はドアにあたってバラバラになり、床の上に落ちた。

「ウリは？　どうしたらすべてが元に戻るっていうの？　両親は？　カイは？　ヨーは？」

ヤンナ−ベルタは叫んだ。

子どもたちはびっくりして彼女を見つめた。ヤンナ−ベルタは口がきけないとばかり思っていたからだ。

「あなた、いったいどうしたの？」ララの母親は言った。

「アルムートは？　子どもはどうなるの！」

ヤンナ−ベルタは大声をあげた。

外の廊下が騒がしくなった。ほかの病室の患者たちが、いったい何事かと集まってきたのだ。アイゼの隣に寝ている小さな女の子はこわがって母親を呼んだ。

「そして私は？　私は？」ヤンナ−ベルタは叫び続けた。

「ここの人たちもどうなるのよ。どうやって元に戻るっていうの」

「静かになさいったら！」ララの母親も大声で言った。

「ベッドに戻りなさい！」

しかしヤンナ−ベルタは体を支えている棚から手を離すことができなかった。目の前がクラクラし出した。

　そのとき廊下の騒ぎがまた大きくなった。怒鳴り声とシュプレヒコール、そして悲鳴に混じって大臣の声が聞こえていた。何かが砕ける音がした。しかしだれかがドアを閉めて、騒ぎは遠のいた。子どもたちはベッドをおりるとドアの隙間から外をのぞいた。

「行っちゃった。向こうのドアが壊れてるよ。みんなはまた病室に戻ったみたいだ」

　彼らは言った。

「かわいそうに」

　フロリアンの母親はヤンナ＝ベルタに言って、彼女をそっとベッドまで連れ戻した。

「あなたの言うとおりよ。でも思うようにはいかないの」

　フロリアンの父親は息子のベッドのそばに座り、頬《ほお》づえをついて考え込んでいた。

「彼女は勇気があるわ」フロリアンの母親は夫に言った。

　それを聞いたアイゼは言った。

「勇気じゃない。怒りよ」

7 髪にはさわらないで

大臣の訪問のあと、ヤンナ＝ベルタの食欲が戻った。今度はお腹《なか》が空いてたまらない。少しずつ、彼女は元気を取り戻した。

ヤンナ＝ベルタはドアが開くたび、ドアのほうを見た。もしかしたら両親やカイやヨーが顔を見せるかもしれない。でもそれは夢にすぎないのだろうか。

しかし、うまく汽車かバスに間に合って逃げられていれば、いつかカイを腕に抱いたママがやってくるかもしれない。そしてパパが入口で大きく手を広げている——。

ヤンナ＝ベルタは口を開きはじめた。彼女が話す相手は主にアイゼだった。自分がヤンナ＝ベルタという名前であること、ウリのこと、そしてアルムートのお腹に子どもがいたことなどもアイゼには話した。

アイゼは十五歳のドイツ人のボーイフレンドがいるのだが、両親は彼と会うことを禁止しているとヤンナ＝ベルタに語った。

「彼はリュディガーっていうの。でも彼とは内緒でいつも会ってたのよ」とアイゼは言った。しかし彼女は、両親や兄弟の話になるといつも涙を浮かべるのだった。

　大臣が来てから二日後、数台のトラックが病院の前に止まった。新しいシーツが届いたのだ。そして汚れ物の山を積み込むと、トラックは病院をあとにした。アイゼとヤンナ＝ベルタにも新しいパジャマが配られた。看護師たちは袋や箱を病室に運び、中の物を棚に積みあげた。子どもたちはゴミ箱に捨てられた石の人形を取り出してそれで遊んでいた。

　新たにヘルパーたちもやってきた。看護人が男女一人ずつ、そして二人の*12兵役拒否者だった。そのうちの一人が子ども室の担当になった。ケルンからやってきた若者だった。彼はテュネスといい、すぐに子どもたちとうちとけた。

　テュネスは話し好きで、たくさんの情報を持ってきてくれた。

　彼は子どもたちに食事をさせながら言った。

「一万八千人の死者が出たそうだ。でも死者は毎日増え続けている。政府はおとといい非常事態宣言を出したんだ」

　彼の話に耳を傾けたのは子どもたちだけではなかった。病室の入口には大人の患者たちが詰めかけてテュネスから情報を得ようとしていた。彼は話し続けた。

「コーブルク、バイロイト、エアランゲンまでは閉鎖だ。今はヴュルツブルクやその近くの街でも避難が始まっている。北風が吹き始めたからね。東ドイツでもズールからゾンネベルクまで住民は避難させられた。それでも、あのやっかいな原子炉からはまだ放射能が出続けているらしい。とっかえひっかえ処理専門家とやらを送り込んでるらしいけど、何をしても無駄ってもんだ。クソったれが！　あら、ごめんよ。でもそれが現実だ」

そう言うと、彼はマットレスを持って外へ出ようとした。すると子どもたちが引き止めた。

「もっと話して！　テュネス！」

「最初の何日かはヨーロッパ中の人間はみんな地下室に座ってたっていうぜ」

彼はマットレスをはたきながら、さらに続けた。

「フランスでもそうだったらしい。僕のいたケルンでは通りには人っ子ひとり見えなかった。ただ飢え死にしそうになった人たちだけが穴ん中から這《は》い出てくるぐらいさ。役所も工場も店も学校も、すべて閉鎖。指示もアドバイスもなし。ふだんは何か事件が起きたらしゃべくり出すじいさんばあさんも黙り込んだままだ。僕の姉さんはもう半狂乱だった。だって考えてもみなよ、三歳と五歳の子どもと地下室暮らしだぜ。おしまいには子どもを殴りつけるほかないよ。だけど、やっと外に出られたって同じさ。子どもたちを外で遊ばせようたって何もかも汚染されてしまってるんだ。つまり中部ヨーロッパでは、地表の土を取ってしまわなきゃ安全じゃないっていうことらしい。

ほんとうはね。でも、それじゃあ机の表面はどうしたらいい？　古い缶詰を買うのは命がけだし、アルゼンチンから肉が届いたときは長蛇の列。ドイツの土から採れた物なんてお話にならない。うちの家族は家に入るときはいつも靴を脱いでるよ。庭をどう始末すればいいのかもわからない。雨が降るとお袋は泣き出すんだ。親父はあんなにかわいがってた二匹の犬を殴り殺しちまった。犬は毎日運動させなきゃならないんだけど、そんなことできっこないだろ。何百キロもドッグフードの買い置きがあったわけでもないしね。親父は最初、注射で犬を眠らせようとしたんだ。しかしどこの獣医も家から出たがらないし、親父にしてもそうだ。だから仕方なく手斧《ておの》でやるしかなかった。犬がクンクン泣くとお袋も泣き出してさ。洗濯場は血の海だった」

それを聞いてフロリアンが泣き出した。

「それで今はどうなの？」ララの母親がたずねた。

「少しは正常に戻ったの？」

「正常？」テュネスは言った。

「正常ってどういうこと？　だってあなた、もう正常に戻るわけがないでしょう。たとえば僕の親父はあっという間に仕事を失っちまった。外国相手の運送業だけど、今となってはどこの国の国境もドイツの貨物トラックを通しやしない。空港だって同じだ。だれもわざわざこんなところへ来やしないもんね。ただ、ここから出ていこうっていう奴《やつ》らだけは多いけど、今度は受け入れるところがない。まあこんなところですよ、みなさん。以上。アーメン」

病院にはテレビも二台、運び込まれた。一つは新しくやってきた看護師が持ってきたもので、それは職員の詰め所に置かれていた。もう一台は配給で、話し合いの結果、病室を順番に移動させることに決められた。すると、歩くことのできる人たちがテレビのある部屋へ押し寄せることになり、医者や看護師たちはそれを許可するわけにはいかなかった。

新しい看護師は仕方なく、自分のテレビを廊下の小さな机の上に置くことにした。しかしテュネスは最初の週末の休みに家に帰り、古い白黒テレビをケルンから持ってきた。

「ほら、みんなのだよ」

そう言うとテュネスは棚を片づけてその上にテレビを置いた。その日から子どもたちは全員、テレビのほうを向いて横になるようになった。

しかしみんなが楽しみにしていた子ども向け番組は一つもなかった。放送されるのはニュースや被災地からの報告、人捜し、専門家の解説などがほとんどだった。そして毎時間の気象通報とともに、風向きと最新の放射能濃度情報が荘重な音楽とともに報じられた。

ヤンナ＝ベルタは息をのんで避難者収容所からの報告を食い入るように見つめた。何百万人という避難者たちは、国内でまだ生活可能な他地域へ分配された。それには思いきった措置が必要だった。すべての住居は登録され、強制管理されていた。別荘の所有者が真っ赤になって怒っているようすをテレビが映し出すとアイゼは笑った。彼らは、三人の子連れの被災者を家へ入れようとしなかったのだが、最後には折れざるを得なかった。

定時ニュースが始まると、ほとんどの子どもは背を向けた。テュネスもスイッチを切ろうとしたが、ヤンナ＝ベルタとアイゼはニュースを見せてくれと頼んだ。

ニュースは、その日何か所かで同時に行われた大規模なデモについて報じていた。それはヨーロッパ中の原発の永久的操業停止と西ドイツ政府の内閣辞職を要求するものだった。あるデモでは六人の死者が出たという。怒りはすべて内務大臣に向けられていた。

「ヤツは椅子にしがみついてるのさ」ちょうど通りかかったテュネスが言った。「視察に出かけたときにデモ隊が押し寄せてきたら、ほとんど半殺しだもんな」

東ドイツは西ドイツ政府に対して新たに抗議を行い、補償金を要求している。チェコでは人々が西ドイツ大使館前に続々と詰めかけている。そしてオーストリアでは数日前からバイエルン州に接した国境付近でデモが行われているが、西ドイツは国境を閉鎖して警備にあたっている。そして、第二次大戦時以来の規模で海外から救援物資が届けられているという報告もあった。アイゼはあくびをした。

ヤンナ－ベルタはテレビを見ながら、いつだったか学校の文化祭のとき、アフリカの飢餓民に送るために募金集めをしたことを思い出した。

ヤンナ－ベルタも疲れを覚えた。今日一日でこんなに多くの情報が入ってきたのだ。信じられないような話もたくさんあった。しかし、最後に行方不明者の捜査に関するニュースが始まると、二人とも再びしっかりと目を開いた。

親は子どもたちを捜し、子どもたちは親を捜している。老人たちも行方不明になっていた。身元のわからない死者の顔写真が画面に映し出される。行方不明者のリストと死亡者リストがあって、アナウンサーは名前と住所を読みあげていた。

テュネスが説明した。

「この捜査リストは赤十字がまとめたんだ。君たちが家族の名前を書いてくれれば僕が問い合わせるよ。いいかい？」

彼女らはテュネスを頼もしく思った。

「リュディガーみたい。頼りがいがあるわ」アイゼは言った。

ヤンナ－ベルタはクラスの男の子たちを思い出した。みんな、それなりにいい子たちだったけど、ステキだなと思うような男の子はいなかった。なんでもできて物知りのエルマーだって、たいしたことはなかった。ヤンナ＝ベルタは、ボーイフレンドにするならアルムートの夫のラインハルトを若くしたような男の子が理想だった。

ヤンナ＝ベルタは病室の明かりが消されたあとも、しばらくのあいだアイゼとひそひそ声で話を交わしていた。二人とも寝つかれなかった。ヤンナ＝ベルタは画面で見た死者の顔を思い出した。パパもママもカイも、そしてヨーも、もしみんな死んでしまっているのならあんなになっているのだろうか？　一万八千人の死者、放射性疾患に苦しむ十万人の人々、汚染地域、何年間も人が住めなくなった街、鉄条網で囲まれてしまった立ち入り禁止地区――。

それからというもの、彼女はあらゆるニュースを見逃すまいとした。すべてを、きっちりと知っておきたかったのだ。

ある日アイゼが声をひそめて言った。

「女の人たちがトイレで話してたのを聞いたんだけど――。原発の周囲一キロ内に住んでた人たちが逃げようとして、撃ち殺されたっていうのよ。みんな体中、放射能で汚染されてるからって。それ信じる？」

「まさか」ヤンナ＝ベルタは言った。

「そんなことがこの国で起こるわけないと思うわ」

そのとき突然、アイゼの視線が病室の入口に釘《くぎ》づけになった。彼女の目が大きく見開かれた。そして何か叫んだ。トルコ語だった。

ヤンナ−ベルタは、口ひげをはやした黒い髪の男の人がこちらに走ってくるのを見た。その人はアイゼの体を起こすと彼女をしっかりと抱きしめた。アイゼの父だった。北海の島ヴァンゲローゲからやってきたのだ。彼女の家族はそこへ避難させられているという。二人はアイゼのベッドの上に体を寄せ合い、身振り手振りを交えて話しはじめた。ヤンナ−ベルタには一言もわからない。そして父と娘は何度も何度も大声で泣いた。

ヤンナ−ベルタはふと淋《さび》しくなり、壁のほうへ背を向けた。やがて新しい子が隣のベッドに来るのだろう。しかし、夜になると父は娘を残して帰ることになった。医者はアイゼをまだ退院させるわけにはいかなかったのだ。

「少なくともまだ二週間はかかるって」

アイゼは父をドアのところまで見送ったあと、しゃくりあげながら言った。

「だから帰国を延ばさなきゃならないの。私一人のために」

「帰国って？　トルコへ帰るの？　そしたらリュディガーはどうするの？」

ヤンナ−ベルタはたずねたが、アイゼは答えなかった。

ヤンナ−ベルタがここへ来てから二週間と二日が過ぎた。彼女にもやがて時間の経過がわかるようになっていた。

「この先一週間、特に目立った徴候がなければもう大丈夫だよ。あと一週間。そしたら退院させてあげられるよ」医師は言った。

「でも、どこへ行けばいいの？」ヤンナ―ベルタは言った。

シュリッツへ戻ろうかと思ったが、それはできない。立ち入り禁止なのだ。アルムートとラインハルトの住んでいるバートキッシンゲンもやはり同じだろう。

赤十字の女の人がヤンナ―ベルタのところへやってきた。彼女は、一人でここへ運び込まれてきた子どもたちの身元を捜すため、書類作りの作業を根気よく続けていた。

「あなたの名前はやっとわかったわ」彼女は言った。

「でもご両親のことは今でもわからないの。いろいろ問い合わせてはみたんだけれど」

ヤンナ―ベルタは彼女を見つめると言った。

「生きているか死んでいるかのどちらかでしょう」

「そりゃそうね。でもリストに登録されている避難者はまだほんの一部なの。とても時間がかかるのよ。それに死亡者リストにも亡くなった人全員の名前は載っているわけじゃないの。毎日、新しく名前が記載されているからもうすこし辛抱してね。あなた、汚染地域以外に親戚はいないの？」

ヘルガ伯母《おば》はハンブルクに住んでいる。でも、両親やカイやヨーがどうなったかもわからないままヘルガ伯母さんのところへ行くなんて――。いやだ。ヤンナ‐ベルタはそんなことは想像もできなかった。

「アドレス帳をなくしてしまったんです。アスバッハの土手に置いてきた自転車のところにあるんです」

ヤンナ‐ベルタはそう答えて、ヘルガ伯母の住所を覚えていることを黙っていた。ヘルガ伯母のところへはどうしても行きたくなかった。電話さえもしたくなかった。あの伯母のことだからきっと、電話をしたらたちまち飛んでくるだろう。そして、両親が迎えにくるまで自分のところで待つようにと言うだろう。

もし彼らがもう生きてはいなかったら、一人暮らしのヘルガ伯母のところで暮らさなければならない。いつもみんなの模範でありたいと考えているような、あの伯母のところで。そんなのごめんだとヤンナ‐ベルタは思った。実は彼女には別の考えがあった。こっそり病院を抜け出して、両親たちを捜しに行こうと思っているのだ。

ヤンナ‐ベルタはかつて、第二次大戦中に家族と別れ別れになった女の子が、家族を捜して旅をするという物語を読んだことがあった。長い放浪ののち彼女は家族と再会を果たし、みんな幸せになったという話だった。ヤンナ‐ベルタはその本を読んで泣いた。

しかし、もう二、三日は待ってみようと思っていた。もしかしたら家族の名前がリストに載るかもしれない。それとも、父や母が迎えにくるかもしれない。

「ね、問い合わせてみてくれた?」ヤンナ－ベルタはテュネスに声をかけた。

「なかなか時間がとれなくてね。でもきっと週末には聞いてあげるよ」彼は約束した。

ヤンナ－ベルタは、ほとんどいつも顔を窓の外に向けていた。いつ、両親が現れるかわからないからだ。

彼女は家族たちが期待に満ちたようすでやってくるのを何度も見た。足取りも軽く帰っていく人もいれば、肩を落として病院を出ていく人もいた。そして病人が運び込まれるようすも棺桶《かんおけ》が運び出されるのも見た。

ある日、また赤十字の女の人がやってくるのが見えた。彼女が病室に顔を見せるとヤンナ－ベルタは手を振って合図をした。

「両親のこと、何かわかりましたか?」ヤンナ－ベルタは待ちきれなくて声をかけた。

しかし、女の人はヤンナ－ベルタを無視して、病室の隅のほうで子どもを診察していた医師のところへまっすぐ行くと、何か話し合っていた。ヤンナ－ベルタは彼らがほんの一瞬、彼女へ視線を向けたのを見逃しはしなかった。

しばらくして、女の人はヤンナ－ベルタのほうへやってきて気の毒そうに言った。

「新しいことは何もわからなかったわ。もう少し待ってね」

「かわいそうに」とアイゼは言った。

しかしヤンナ-ベルタは静かな怒りを感じていた。

月曜の朝、テュネスは時間どおりに病室に現れた。彼のようすはいつもと違った。

「何かわかった？」ヤンナ-ベルタはテュネスにたずねた。

彼は週末、フランス国境のデモへ出かけたので赤十字に電話をすることができなかったと言う。ヤンナ-ベルタもデモのことは知っていた。日曜の夜のニュースはフランスのエネルギー政策に対する抗議デモがあったことを伝えていた。大きな衝突があって、フランスの軍隊が出動したという。ドイツ人が六人とフランス人が二人亡くなったということだ。

「両親も一緒にデモに参加したんだ」テュネスは首を横に振りながら言った。

「たいへんだった。考えてもごらんよ、老人がデモのど真ん中でもみくちゃだよ」

テュネスは今度時間ができたら、必ず赤十字に電話すると約束した。

その頃になるとヤンナ-ベルタはもう一日中横になっている必要はなくなっていた。

彼女はアイゼと一緒に看護師を助け、子どもたちと遊んだり食事の世話をした。スプーンを持つことさえできなくなってしまった子どももいたのだ。ヤンナ-ベルタは祖母のベルタから聞いて覚えたお話や歌を聞かせ、子どもたちをなぐさめた。

　子どもたちは彼女をとても慕っていたし「ヤンナ-ベルタ！」と呼ばれると、どんなに疲れていても彼女は子どもたちのところへ行った。疲れきってベッドに倒れ込むこともしばしばだった。それでも、名前を呼ばれると起きあがった。彼女はもはや病人ではなかった。

実はアイゼもまた、ここから逃げ出したがっていた。二人は逃亡計画を立て、詳細にいたるまで話し合った。

テュネスは依然としてあてにならなかった。彼は洗濯屋やパン屋へ行ったりして外に出ていたが、そのたびにヤンナ－ベルタとの約束を果たさずに戻ってきた。一度目はうっかり忘れていたと言い、二度目は時間がなかったと言い訳をした。やがて彼はヤンナ－ベルタとアイゼをなんとなく避けるようになった。

ヤンナ－ベルタの病室では数日のあいだにたて続けに子どもたちが亡くなった。一人は急性肺炎だったが、体が抵抗力を失っていた。もう一人は扁桃腺炎《へんとうせんえん》、そして三人目はフロリアンだった。彼はあっという間に衰弱し、三日もたたないうちに死んでしまった。

フロリアンの死はあまりにも急だった。何か治療に手落ちがあったせいに違いないと母親は言い続けていたが、父親はたまりかねて「もういい！　黙りなさい！」とどなった。

フロリアンが病室から運び出されるとき、父親は泣いていた。ヤンナ－ベルタは窓ごしにフロリアンの両親の姿を追いながら、ふと一編の詩を思い出した。それは母がチェルノブイリ事故の後に作り、デモの横断幕に書いたものだった。

　チェルノブイリがこわいのだあれ？
　ミリレム、ベクレル、なんのこと？
　早く死ぬのは子どもたち
　空からさすのは放射能
　あなたの番はいつかしら？

　病院の前庭の向こう側には小さな男の子たちが数人立っていて、こちらを見ていた。この病院も元はといえばヘルレスハウゼンの子どもたちの学校である。しかし彼らは建物の窓はおろか、玄関にも近づこうとしなかった。彼らはいつでも走って逃げられる姿勢で、「安全」なところからこちらのようすをうかがっているのだ。きっと村の大人たちが学校は汚染されていると話してきかせたのだろう。
　その夜、急にアイゼが高熱を出し、ヤンナ―ベルタも翌朝から食欲がなくなった。体がだるくて熱も出た。そして下痢《げり》が始まり、扁桃腺が腫《は》れてひどく痛んだ。医師はヤンナ―ベルタの上にかがんで髪をなでた。すると指のあいだにブロンドの髪の束が残った。彼は心配そうにうなずいた。やはり、来たのだ。もう逃げ出したってどうにもならない。

ヤンナ―ベルタは退院できたララをうらやましく思った。親類の人たちが彼女と母親を迎えにきたのだ。彼女らは幸運だった。

ほかの子どもたちの症状もアイゼやヤンナ―ベルタと似たりよったりだった。うわべは回復したかのように見えても、ぶりかえすと決まって以前より病状は悪化していた。高熱や下痢でうめき声をあげる子もいれば、うつろな目をして力なく横たわっている子もいた。

ある朝、アイゼが悲鳴をあげた。髪をとかした櫛《くし》には、彼女のふさふさとした黒髪が束になって残り、頭は地肌が透けて見えていた。

ヤンナ―ベルタはアイゼの肩にやさしく腕を回したがアイゼはそれをふりほどいた。子どもたちはびっくりしてアイゼを見ると、みんなひそかに自分の頭に手をやった。

「痛むわけじゃないでしょう。髪はまた生えてくるわ」

そう言って看護師はアイゼをなぐさめようとした。

ヤンナ―ベルタは不安がしのび寄るのを感じた。髪が抜け落ちた女の子――憐《あわれ》みを施されたり好奇の眼にさらされたりする――そんなのたまらない。

その日以来、ヤンナ―ベルタは髪をとかすのをやめてしまった。もう医師の診察も、どうでもよくなった。医師たちにしても、ただ肩をすくめるよりほかなかったのだ。

「これはみんな専門病院行きの症状なんだがなあ」

医師の一人が看護師に言うのをヤンナ‐ベルタは耳にした。

「でも、こういう症状の人が一万八千人もいるのよ」看護師は言った。

「一万八千だって？」医師はことばを返した。

「十万だよ！　それ以外の人にも、遅くとも数年内に症状が出てくるだろう。そのことを考えたら――」

そこまで言うと医師は口をつぐんだ。そして疲れた表情のままゆっくりと歩いて行った。

アイゼは寝返りをして体を折り、大きなため息をついた。そして今度は膝《ひざ》を曲げて起きあがると、背中を丸めて頭をマットレスにこすりつけるようにした。

「いったい何してるの？」ヤンナ‐ベルタは驚いて言った。

「お祈りよ」アイゼは息をはずませ、汗をぬぐいながら言った。

「それで助かると思ってるの？」ヤンナ‐ベルタはたずねた。

しかしアイゼは答えなかった。彼女は目を閉じて動作を繰り返した。立ちあがってはかがみ、かがんでは立ち――ヤンナ‐ベルタはそのうち眠ってしまった。

病状の重い子どもたちは病室から移され、まだその子たちのぬくもりの残っているベッドに新しく来た子が寝かされた。ヤンナ‐ベルタには出ていく子に手を振る力さえもなかった。なじみの仲間はもうアイゼだけになってしまった。

二人の話題は髪のことだけだった。ヤンナ–ベルタは毎日、アイゼの後頭部にどれくらい髪が残っているか見てやるのだった。ヤンナ–ベルタも自分の髪が気になって仕方がなかった。

あるとき、ヤンナ–ベルタはアイゼにそっと髪をとかしてくれるよう頼んだ。なのに櫛に引っかかった髪がごっそりと抜けてしまった。ヤンナ–ベルタの目から怒りの涙が噴き出した。

ヤンナ–ベルタの両親に対する思いは日増しに強くなった。二人がベッドのそばにいてくれたら、いやどちらか片方だけでもいい。そしてやさしく髪をなでてくれれば――いや、髪だけはだめだ。だけど自分をやさしく見つめてくれさえすれば、すぐに元気になって歩き出すのに。ヤンナ–ベルタはそう思った。

「愛する神さま、お願いですから両親が生きていてここへ来られるようにして下さい!」

ヤンナ–ベルタは神に祈った。そして最後にこうつけ加えた。

「でないと、神さまがいるなんて信じません」

ヤンナ–ベルタは課題を与えて神を試そうとした。五十まで数えるあいだに両親を連れてきて下さいと願った。三十五まで数えたときドアが開いた。

ヤンナ－ベルタは顔をあげた。それは体温計を持ったテュネスだった。

「テュネス」ヤンナ－ベルタは力なく言った。

「ねえ、聞いてくれたの？」

「うん。だけどリストに名前はなかった。まだ載っていないんだよ」

そう言ってテュネスは目をそらした。

「おばあちゃんも？」彼女はがっかりして言った。

テュネスは首を横に振って言った。

「まったく手がかりがないんだ。とにかく今はまだどちらともわからない。とりあえずは君が元気になることだ。万事それからだよ」

「気休め言ってるだけなんでしょ」彼女は言った。

テュネスは盆から体温計を落とした。彼は破片を拾い集めると、別の体温計で計ったあと、もう一度ヤンナ－ベルタのそばに来て、彼女の髪をなでた。

彼女は驚いて言った。

「髪にはさわらないで。ちょっと手を近づけただけでも抜けるんだから」

彼女はテュネスの手を取ると、まぶたの上に乗せた。そしてテュネスが呼び戻されるまで、しばらくそうしていた。

その夜、ヤンナ－ベルタは何日かぶりにニュースを見た。しかし背景がよくわからなくなっていた。内閣が交代したらしく、画面には政治家たちが別れの握手や挨拶《あいさつ》をしている場面が映し出されていた。ボンの官庁街には割れたガラスの破片が散らばっている。無許可のデモには被災地の人々も参加したらしい。アナウンサーは参加者は五万人と伝えた。道路掃除の人たちが破片を集めている。

そして草の中で死んでいる二頭のシカがクローズアップされた。北および東バイエルンでは何千頭という野生動物が死んだという。草原に横たわるシカ——ヤンナ-ベルタはウリのことを思わずにはいられなかった。彼女は目を閉じ、テレビに背を向けた。

アイゼはテュネスにスカーフを買ってきてくれるよう頼んだ。ヤンナ-ベルタは帽子が欲しいと言った。

テュネスは翌朝すぐに、帽子のぎっしり詰まった箱をかかえてきた。彼は村中を回って帽子をかき集めてきたのだ。つぎがあたったり色のはげおちた子ども用の帽子がほとんどだった。しかし子どもたちは奪い合うようにして帽子に飛びついた。

テュネスはスカーフをうやうやしくアイゼに手渡した。彼女はうれしそうにスカーフを頭に巻き、額にはみ出していた巻毛をスカーフの中に押し込んだ。

「これならわからないかしら？」

ヤンナ-ベルタはうなずいた。

彼女も帽子をかぶってみた。しかし、そのとたん、ベッドの中で帽子をかぶるなんてとんでもないと思った。ヤンナ―ベルタは帽子を枕の下に押し込んだ。

ある日、ゆっくりとした足取りで、壁をつたうようにしてトイレに行こうとしていると廊下でテュネスと会った。彼はにっこり笑うとヤンナ―ベルタに言った。

「妖精みたいな顔してるって言われたことない？」

ヤンナ―ベルタは壁に寄りかかり、吐き気をおさえた。

「いいえ。私の顔は私の顔よ。だれかに似ているとしたら両親か祖父母しかないわ」

ヤンナ―ベルタは言った。

「ごめんよ。ほかに言い表しようがなかっただけだよ」テュネスは困ったように言った。

「私をよく見て」ヤンナ―ベルタは言った。

「私の頭をよく覚えていてちょうだい。もう二、三日すればすっかりハゲ頭よ」

「そんなの外見だろ」

「こんな頭の女の子を好きになる人なんていないわ」

テュネスは彼女をまっすぐに見ると、ゆっくりとした口調で言った。

「髪なんて関係ないさ。そんなことを気にする奴《やつ》には君はもったいない」

そしてもう一度ヤンナ―ベルタに笑いかけるとテュネスは行ってしまった。ヤンナ

―ベルタはテュネスの後ろ姿を目で追いながら、こみあげてくる涙をおさえようとした。

病室に戻ると、彼女はアイゼに今しがたテュネスに言われたことを話した。

「でも私たちは違うわ」アイゼはあきらめたように言った。

「髪はまた生えてくるっていうんだけど、私はそうは思わない。私、もう何も信じないの」

ヤンナ―ベルタは言った。

するとアイゼは言った。

「ほんとうに何も信じない？　あんたの両親が生きているかもしれないとは思わないの？」

ヤンナ―ベルタはしばらく考えて、言った。

「ううん。やっぱり信じる。信じるわ」

翌朝、ヤンナ―ベルタはテュネスに会うとほほえみかけた。彼は一瞬とまどったようだったが笑い返しながら言った。

「びっくりすることがあるよ。フランスでも今みんな、原発のまわりを取り囲んでるんだ。だけど政府はフランスの原発は世界一安全だとふれ回っている。グラーフェンハインフェルトみたいなことはフランスでは起こり得ないとさ」

ちょうどそのとき通りがかった医師がそれを耳にはさんで「どこかで聞いたような台詞《せりふ》だな」と言った。

テュネスはヤンナ－ベルタのそばへ来て言った。

「君はこのフランスの騒動についてどう思う？」

「別に」そう言って彼女は背を向けた。

ヤンナ－ベルタは熱がまだ下がらず、下痢も止まらなかった。シーツの上は抜け毛だらけで、中には太い束もあった。

その日のことだった。アイゼが冗談半分にヤンナ－ベルタの髪を少し引っぱったら、ごっそりと毛が抜けてしまった。ヤンナ－ベルタの頭に、はっきりとハゲた部分が見えた。しかしアイゼは「ほらね」と言い、笑った。

ヤンナ－ベルタはアイゼの顔を殴った。そして看護師から櫛を受け取ると、怒りにまかせて髪をとかし始めた。彼女の頭は、耳の後ろに髪がわずかに残っているだけになった。ヤンナ－ベルタは枕の下から帽子を引っぱり出すと、すっぽりと頭からかぶった。

それから数日して、テュネスがニュースを持ってきた。

「君の名前がリストに載ってるよ。ここの住所になっている」

この知らせはヤンナ－ベルタを困惑させた。自分自身がリストに載るなど彼女は考えてもみなかった。

「きっとすぐに家族が現れるよ」

ヤンナ゠ベルタは考え込んだ。もし両親やヨーが生きているなら、きっと赤十字に彼女の居所を問い合わせるだろう。そうしたらいつかは——いや今日や明日にもドアが開いて、母か父が顔を見せるかもしれない。

アイゼは頭からすべり落ちるスカーフを結びなおそうとして四苦八苦していた。しかし彼女は衰弱していた。頭に手をやることすらつらそうだ。汗が体中から噴き出している。「手伝って」アイゼはヤンナ゠ベルタに声をかけた。しかしヤンナ゠ベルタは聞こえないふりをした。彼女はアイゼが髪を引っぱって以来、アイゼと口をきかなくなっていた。

ヤンナ゠ベルタは耳の下まで帽子をすっぽりとかぶり、病室の入口のほうを向いて横になっていた。

8　隠すものなんて何もない

その四日後のことだった。うとうとしていると、ヤンナ－ベルタはだれか上にかがみこんでいる気配を感じた。

「ヤンナ－ベルタ」

落ち着いた女の人の声だった。そしてひんやりとした手が腕に触れた。

その感触に驚いて目を開けると、それは彼女が待ち望んでいたうちのだれでもなく、ヘルガだった。ヘルガ・マイネッケ。ハンブルクに住んでいる父の姉だ。

「あなたなのね」ヘルガは言った。

「なぜ今までリストに載っていなかったの？　もうてっきり両親と一緒に――」

「えっ？」ヤンナ－ベルタは飛び起きた。

「一緒にどうなったっていうの？」

ヘルガはうろたえてヤンナ－ベルタを見た。

「あなた知らないの――？」

ヤンナ＝ベルタはかぶりを振った。顔がみるみる歪《ゆが》んで、目から涙があふれた。そして、彼女はヘルガに詰め寄るようにして言った。

「どこでそんなことを知ったの？　だって両親の名前はリストには載っていないって聞いたわ」

ヘルガは彼女の手を取るとうなずいた。

「あったのよ。死亡者リストに名前が出ていたの。あなたの言ってるリストがそれと同じものなら」

「カイも？」ヤンナ＝ベルタは消えいるような声で言った。

「ええ」

「ヨーも？」

「ヨーもよ」

ヤンナ＝ベルタは大声をあげた。ものすごい叫び声だった。

病室の子どもたちは驚いて彼女を見た。小さな子どもたちは、一緒に泣き出した。騒ぎを聞きつけたテュネスが部屋に飛び込んできた。看護師も駆けつけた。彼らはヘルガを横へ押しやるとヤンナ＝ベルタの上にかがみこんだ。しかし彼女はみんなを拒んだ。

「大嘘《おおうそ》つき！」

彼女は叫んで帽子をかなぐり捨てると、テュネスの顔めがけて投げつけた。テュネスは、看護師がヤンナ–ベルタに安定剤の注射をするまで彼女の体を押さえつけていた。

やがて彼女は落ち着いた。まぶたが重くなった。そしてしばらくうめき声をあげていたが、そのうち静かになった。

「黙っていたのは良かれと思ってのことだったんだ。君の具合も良くなかったし――」

そう言ってテュネスは帽子を毛布の上に置いたが、ヤンナ–ベルタはそれをはねのけた。テュネスは肩をすくめるよりなかった。廊下のほうから彼を呼ぶ声がすると、彼はほっとしたようにその場を去った。

ヘルガは再びベッドのそばへ来た。しかしヤンナ–ベルタは目を閉じたままだった。やがて彼女は眠ってしまった。目を覚ますとヘルガの姿は見えなかった。もう夜になっていた。部屋の隅には青白い非常灯が揺れている。大きく開いた窓からさしこんだ月の光が壁を照らし、若葉と土の香りの混じり合った外気の匂いがする。

ヤンナ–ベルタは両親を思った。両親はよくハイキングに連れていってくれた。ヤンナ–ベルタは父と母のあいだにぶらさがり、二人の歩く調子にあわせて揺れるのが大好きだった。そして両親はいつもそうやってブランコをして遊んでくれた。一、二の三で空中高く放りあげるのだ。こわいと思ったことは一度もなかった。両親のあいだにいれば何も起こるはずはない。

「もう一回！　もう一回！」彼女は何度もせがんだ。

ヤンナ＝ベルタが大きくなると、両親は今度はウリとカイをそうやって遊ばせた。マイネッケ家にはヤンナ＝ベルタからカイまでずっと使われている抱っこひもがあった。これはどこにも売っていなくてヨーが考案したものだった。すでに、かなり使い古されていたが、このあいだアルムートがたずねてきたとき、彼女はこれを手本にして新しい抱っこひもを作るのだと言って借りていった。

アルムート。もし生きていたら、あの古い抱っこひもは返す必要はないわ。マイネッケ家ではもう用がすんだ。だって、カイはいなくなってしまったのだから。あの、コロコロとよく太ったカイは、手と頬《ほお》どころか顎《あご》にまでえくぼができた。ヤンナ＝ベルタにはカイが死んだなんてどうしても信じられない。カイはすばしこくていつも元気な子だった。祖母のベルタは起きあがりこぼしと呼んでいたくらいで、ヨーもいつか母に言っていた。

「この子は一晩中外に置き去りにされたって大丈夫だよ。朝、雪だるまみたいになってもニッコリ笑ってくしゃみひとつしないよ」

ヨーはいつも素敵なウイキョウの匂いがした。縮れ毛に少し白髪がまじっていて、真ん中から髪をわけていた。青い目、上唇の上のうぶ毛、顎のえくぼ――カイはヨーからこれらを受けついでいた。ヨーは三年か四年ごとに引っ越しをして、そのたびに「旅に出るときは荷物を軽くしたいのよ」と言いながら「がらくた」を勢いよく捨てるのだ。

それにヤンナ-ベルタはヨーがよく言うのを聞いた。

「あらいやだ――ヤコビ通りにはもう三年も住んでるんだわ。そろそろ引っ越しをしなきゃお尻《しり》に根が生えちまう」

引っ越しのたびに「がらくた」と一緒にたくさんの写真がゴミのコンテナに放りこまれた。しかし、何度住まいを変えても居間に飾られている写真があった。その手垢《てあか》のついた額に入った写真だけは、決して捨てられることはなかった。

それは第二次大戦時の若い水兵の写真だった。制服はぶかぶかで、髪はオールバック。ひどく古臭いスタイルだった。しかし、ヤンナ-ベルタはその男の顔が気に入っていた。

ヤンナ-ベルタは、その水兵が戦争の終わる直前に十八歳で戦死したことを昔から聞かされていて、子どもながらに気の毒に思っていた。彼はヨーをヤンナと呼んでいたという。そしてヨーは彼が戦死してから、だれにも自分をヤンナとは呼ばせなかった。

戦争が終わって数年後、ヨーはカール・ヨーストという人と結婚して女の子を生んだ。ヤンナ‐ベルタの母である。しかしヨーはその夫とは離婚した。死んだ彼が忘れられなかったのだ。

ヨーは一度、こんなことを話してくれた。

やがて孫が生まれたとき、娘はその子を実母と義母の両方の名をとって、ヨハンナ‐ベルタと名づけようとしたがヨーは反対した。

「ヨハンナという名はよくないわ。でも、どうしても私の名前をとりたいのならヤンナにしなさい」と彼女は言った。

ヨーが離婚してかなりの年月が過ぎ、三十五のときに彼女はもう一人子どもを生んだ。黒い髪をした女の子で、大きくなっても髪は黒いまま変わらなかった。

子どもの父親についてヨーは何も語らなかったが、あるときヤンナ‐ベルタはアルムートに父親のことをたずねたことがあった。そのときアルムートは笑いながらこう言った。

「父親がだれかって？　写真の水兵さんに決まってるじゃない」

月の光が壁に沿ってゆっくりと移動した。そのときアイゼがうめき声をあげた。ヤンナ‐ベルタはアイゼのほうへ手をのばしてみた。アイゼの手は焼けるように熱い。

驚いたヤンナ‐ベルタは看護師を呼んだ。するとドアが開き、知らない女の人が中をのぞきこんで言った。

「熱ですって？　熱ぐらいで大騒ぎをすることはないでしょ。ここで熱のない子なんていないんだから。看護師のロッテはちょうど寝たところなの。休みなしに一日十六時間も働いているんだから眠らせてあげてね。明日の朝でもいいでしょ」

ヤンナ＝ベルタはアイゼの手をしっかりと握った。脈がとても速い。ヤンナ＝ベルタは一晩中眠らずにこうしていようと思った。しかし、彼女はやがて眠ってしまった。

ヤンナ＝ベルタはウリの担任の先生の夢を見た。車がウリのそばまで来ると、窓の隙間《すきま》から先生の声が聞こえた。

「ウリ、乗りなさい。早く！　荷物の上に座って頭を低くしていれば大丈夫よ」

ウリはふり向いて、答えを求めるようにヤンナ＝ベルタの顔をじっと見た。ウリは顔もズボンのお尻《しり》も真っ黒だ。

「乗りなさい！　ウリ、乗るのよ！　雲が来る！」ヤンナ＝ベルタは大声で言った。

ウリは車に駆け寄った。しかし車は止まらない。

先生は言った。

「止まれないの！　後ろからどんどん車が来るから！」

ヤンナ＝ベルタは叫んだ。

「ドアを開けて下さい！　飛び乗れますから！」

しかし、どうしたことかドアは開かない。ウリはドアの把手《とって》にしがみついたまま、引きずられた。

「雲だ！　雲だ！」ヤンナ−ベルタは叫び続けた。

先生の後ろを走っていた車が右側から追い越そうとして列をはみ出した。土ボコリが舞いあがり、鈍い音がした。車はそのまま通り過ぎた。

「そんな大声をあげないで。みんな起きてしまうでしょ」

看護師の声だった。体を揺すられてヤンナ−ベルタは目を覚ました。彼女は飛び起きると、

「ウリがすごい熱なの」と言った。

「だれが？」看護師はいぶかしそうに言った。

「アイゼ。アイゼよ」ヤンナ−ベルタは気がついて言い直した。

看護師はアイゼに顔を近づけたとたん、あわてて彼女のベッドを押して外へ運び出した。ベッドのあった場所はぽっかりと穴があいていた。

「アイゼ、死んじゃったの？」ヤンナ−ベルタはたずねた。

「しっ」看護師は声をひそめて言った。

「死ぬはずがないでしょ。ほかの部屋へ移しただけよ」

朝食のあと、ヘルガがまたやって来た。彼女は村の旅館で一夜を過ごしたのだ。

「眠れなかったのね。私もつらい夜だったわ」

ためらいがちにそう言うと、ヘルガは周囲を見回した。

「ひどいありさまだわ。これが豊かな西ドイツかしら」

すると、ひとつ隣のベッドで子どもの世話をしていた一人の父親が言った。

「あなたは何もわかっていない。ここは今開発途上国みたいなもんですよ」

ヘルガは何も言わなかった。

「なぜウリのことを聞かないの？　ウリは行方不明リストには載っていないわ。どんなファイルにもリストにもないはずよ」ヤンナ―ベルタが言うと、彼女は答えた。

「答えを知るのがこわいからかもしれない」

ヤンナ―ベルタはヘルガを見た。彼女は背をまっすぐにのばして座っていた。まるで自己抑制の見本のようだ。

「どんなことがあっても自分を見失ってはいかん」というのが祖父ハンス―ゲオルグの口癖で、祖父は人前で涙を見せることさえ嫌っていた。でも父は祖父の理想どおりにはならなかった。ヤンナ―ベルタは父が泣くのを何度か見たことがあった。一度は、ウリが重い病気で入院していたときで、助かる望みはほとんどないと言う医師のことばに父は泣き出した。

そして、もう一度はある集会でのことだった。チェルノブイリの事故のあと、両親は何週間もかけて集会の準備に奔走していた。

その集会では「我々の原発はどこまで安全か」というテーマで、各政党の代表者と市民たちのあいだで討論が行われる予定になっていた。ところが直前になって、一人を除く政治家の全員が出席を断ってきたのだ。そのとき、平静を失った父は泣き出してしまった。

しかし、その場を救ったのは母だった。母は演壇に駆けあがると政治家の欠席通知を読みあげ、そのあと集会を市民どうしでの話し合いに変更した。

ヤンナ＝ベルタは演壇わきの階段に腰をおろして、そのようすを見ていた。彼女には話し合いの内容までは理解できなかった。でもみんながいかに怒りと不安におののいているかは感じとることができた。会場にはタバコの煙がもうもうとたちこめていたが、話し合いのようすはとてもエキサイティングだった。

「ウリは最後まで私と一緒だったの」ヤンナ＝ベルタは言った。

「私たち二人はシュヴァインフルトへは行かずに残っていた。だから、二人で自転車に乗ってシュリッツから逃げ出したの。ウリは死んだわ。車にひかれたの」

ヘルガは立ちあがるとくるりと背を向け、部屋を出ていった。ヤンナ＝ベルタは窓ごしに彼女の姿を追った。ヘルガは前庭を横切ると、村の家並のあいだに消えた。一時間ほどしてヘルガは戻ってきた。

「ごめんなさいね」ヘルガは言った。

「ここではみんな涙を流すわ。泣くのは別に恥ずかしいことではないわ」とヤンナ＝ベルタは言った。

「私にはできないの」ヘルガは言った。ヘルガはその後、ヤンナ＝ベルタを退院させることはできないかと医師に相談しに行ったが、許可はまだもらえなかった。

「ハンブルクの病院に移れるようになんとかするつもりよ。ハンブルクのお医者さんたちも被災地に応援に行ってしまってるんだけど、ここよりはまだましよ。二人部屋もとれるだろうし――」ヘルガは言った。

「私はここにいる」とっさにヤンナ＝ベルタは言った。

ヘルガは肩をすくめた
「お好きなように。強制はしないわ。あなたももう自分のことは自分で判断できる年齢ですものね。でも、一度よく考えてみて」

別れる段になるとヘルガは快活になった。最後に彼女は、ヤンナ＝ベルタに帽子をかぶるようにと言った。

「少なくとも外出するときはそうしたほうがいいと思うわ。それとも、わざと人を驚かせたいの？」

「私は隠すものなんてないわ。私はハゲ頭だけどこれが現実。このままでいるつもりよ」

ヤンナ＝ベルタは言った。

ヘルガは、マジョルカにいる祖父母にはヤンナ＝ベルタの家族の死は決して知らせないつもりだと言った。

「知るとショックで立ち直れないと思うの。いつかは話せるときが来ると思うんだけど。だんだんにね――」

彼らがドイツに戻ってきたら、第三地区が立ち入り禁止解除になるまで彼女のところに住むことになっていると言う。ヘルガはすべて手はずを整えていた。

「私、できるだけ帰国を延ばさせようと思っているの。時間がたてば、それだけ事態も正常に戻るでしょうし」

彼らにはヤンナ＝ベルタを除いた四人は全員、特別サナトリウムに収容されていて見舞いに行くことさえ禁じられていると話すつもりだとヘルガは言った。

「いやよ。私は口裏をあわせるようなことをしないわ。嘘《うそ》はつきたくない」ヤンナ＝ベルタは反論した。

「じゃあ、二人とも心臓が止まってもかまわないっていうの？」ヘルガは強い調子で言った。

ヤンナ＝ベルタはヘルガを見つめたまま黙っていた。

「少なくとも、あなたからはそのことには触れないで。黙っていてちょうだい」

そう言うと、ヘルガはヤンナ－ベルタの頭にそっと手をやった。

医師はあと三週間すれば退院できると言ったという。あと三週間――。

「そしたら迎えにくるわ。ハンブルクで新しい生活を始めるのよ。淋《さび》しくなったら新しい家のことを考えなさい、ね」

「アルムートとラインハルトは？」ヤンナ－ベルタはたずねた。

「私、ほんとは彼らのところへ――」

「彼らが今どこにいるのかは知らないわ」ヘルガは言った。

「リストで捜してみなかったの？」ヘルガは返答をためらっていたが、首を横に振った。

「私のことは心配しないで」ヤンナ－ベルタはあきらめたように言った。

しかしヘルガはぎこちなく言った。

「二人は生きているわ。そう思いましょう。でもどちらにしろ家にはいないわ。きっとどこかへ避難したのよ。だから彼らに世話をかけてはいけないわ。私のところならあなたの部屋もあるし。それにあの事故のあとから、ハスフルトのフリーメルさんたちも暮らしているのよ。覚えてる？　ベルタおばあちゃんの親戚。でも彼らは第三地区が解除になったら出ていくわ。とってもおとなしい人たちだし」

ヘルガが去ると、ヤンナ―ベルタはしばらくのあいだ、腕を頭の後ろに組んだまま天井を見つめていた。昼頃、彼女はアイゼが死んだことを知らされた。

それから三週間のあいだに何人もの子どもたちが死んでいった。陰鬱《いんうつ》な毎日だった。そんななかでの変化はテレビのニュースともうひとつ――それは夢だった。

ヤンナ―ベルタは昼間よりも夜の密度のほうが濃く感じられた。日中は吐き気や熱や頭痛に悩まされ、頭がぼうっとしている。頭を持ちあげるのもひと苦労だった。テュネスがそばにやって来ると、ヤンナ―ベルタは目を閉じた。

彼女は夜が来るのを恐れていた。いろんな夢を見るからだ。

ベンツィヒ先生が学校の校庭でコリーを撃ち殺した。クラスの優等生エルマーは丘の中腹に建つ彼女の家のバルコニーに立ち、風にハンカチをなびかせながら、「南東の風！　南東の風！」と叫んでいる。トレットナーさんやミルトナーさんたちがバートヘルスフェルト駅の塀を乗り越えようとしていた。ヤンナ―ベルタは、ホイブラー家の子どもたちを人ごみの中で見失ってしまった。女の子たちの叫ぶ声が聞こえるのだが、一生懸命捜しても見つからない。

汗びっしょりになって目が覚めた。しかしまたすぐに夢の中に戻ってしまった。次に彼女はどこかヘルレスハウゼンの家の前に立っていた。ベルを押すと、ドアを開けたのはお向かいのゾルタウさんだった。おばさんはドアの隙間《すきま》からこちらをうかがうと、こう言った。

「まず、弟を連れてきなさい。そしたら飲み物をあげるから」

ヤンナ‐ベルタは友だちのマイケとイングリッドの三人で、菜の花畑の中でウリの姿を捜していた。しかし、捜せど捜せど見つからない。何度もウリが「ここだよ」とささやく声がするというのに。

やがてイングリッドがおずおずと言った。

「捜すのはもうよさない？　そのうち、ウリを踏みつけてしまうわ」

ヤンナ‐ベルタは花のあいだにウリのブロンドの頭が見えたような気がした。しかし、近づくと消えてしまった。

マイケは言った。

「私あきちゃった。もう帰る」

「ウリ！　ウリ！」ヤンナ‐ベルタは叫んだ。

「出ておいで。もうかくれんぼはやめて帰るから」

それでもウリのささやき声が聞こえてくる。ふと後ろをふり向くと、めちゃめちゃに吹き飛んだグラーフェンハインフェルト原発の廃墟《はいきょ》がそびえたっていた。

そこへ突然アルムートとラインハルトが現れた。二人とも髪が抜け落ちている。手にはつえを持ち、二人はそれで灰の中をかき回していた。

驚いたヤンナ＝ベルタは言った。

「危ない！　まだ放射能があるのよ。逃げて！」

しかし二人は聞こえないらしく、灰をかき回し続けている。彼らは泣いていた。ヤンナ＝ベルタはアルムートに駆け寄り、腕を引っぱった。するとラインハルトが押しとどめてむせび泣きながら言った。

「まだ見つからないいんだよ、ヤンナ＝ベルタ。もう少し我慢するんだ。それまでは――」

ヤンナ＝ベルタは懸命にアルムートの腕を引っぱった。

そこで目を覚ました。また汗まみれになっていた。

しかし、再び体を横たえ、眠りに落ちるやいなや、彼女は菩提樹《ぼだいじゅ》並木のはじに立っていた。川で行き止まりになっていたところだ。第二次大戦の終わりまでこの川にかかっていた橋の残骸《ざんがい》がはっきりと見える。川の向こう岸には、村を背にして一人の水兵が立っていた。ヨーの写真の若い水兵だ。しかし、村からこちらへ続いている道は彼の足下でとぎれている。

長いマントを着た彼はもつれるような足取りで、何か落ち着かないようすだった。

そして川岸を行ったり来たりしてヤンナ＝ベルタに合図を送ってくる。

不思議に思ったヤンナ＝ベルタは後ろをふり向いた。ヘルレスハウゼンの村がシルエットになって見え、その向こうに黒い雲がもくもくと湧《わ》いていた。それはどんどん大きく広がり、空の半分をおおいつくそうとしている。雲だ！　ヤンナ―ベルタは川っぷちに立っていた。しかし川の中央には国境線が走っている。救いを求めるようにヤンナ―ベルタは向こう岸を見た。

「飛べ！　ヤンナ！」水兵は大声で言った。

「だって私、飛べないわ！」ヤンナ―ベルタは言った。

彼はもう一度言った。

「飛ぶんだ！　できるよ、ヤンナ！　大きく手を広げて思いっきり！」

ヤンナ―ベルタは飛んだ――体が舞いあがった！　空に浮いている！　簡単だ。こんなに飛ぶのが簡単だったなんて――。

向こう岸へおり立つと彼は言った。

「だから言っただろ。僕ら死んだ人間にとってはわけないんだ。君もすぐに慣れるよ」

「私、死んでしまったの？」

ヤンナ―ベルタがたずねると彼は笑いながら言った。

「不満かい？　でも幸せに思わなくちゃ。もうこわがることはないんだから」

毎晩、そんな調子だった。

祖父のハンス―ゲオルグや祖母のベルタ、親切な銀行員や肉屋の女店員が夢に現れることもあった。あの日一緒に車で学校から帰った三人の上級生が、花壇の中をラルスの車を押している夢を見たこともあった。

しかし両親とカイとヨーだけは決して夢には出てこなかった。


しばらくするうちに吐き気と下痢《げり》はおさまってきたが、ヤンナ-ベルタはやせ細り血色も悪いままだった。それでも、起きあがれるようになると、弱くおぼつかない足取りで歩く練習を始めた。歩ける距離はしれていたが、テュネスが手を貸そうとしても、彼を追い払った。

努力の甲斐《かい》あってヤンナ-ベルタはしだいに体力を取り戻した。

やがて退院の日になり、ヘルガがハンブルクから迎えにやってきた。病院にはもう、別れがつらくなるような知り合いはいなくなっていた。ただ、ときどきめんどうをみていた子どもたちが数人、悲しそうに彼女を見送った。ヤンナ-ベルタは彼らに向かって手を振った。

頭から足の先まで新しく身支度を整えると、ヤンナ-ベルタは自分が自分ではないような気がした。ヘルガは彼女のために高価な下着まで用意していた。それは、事故以前の生活の匂いがした。

ヤンナ-ベルタは、こんなに上等な革靴は一度もはいたことがなかった。それに、黒いズボンとやはり黒のよそいき風セーターを着ると、まだぎこちない動作がよけいにぎこちなく見えた。ヘルガは車に乗るとすぐ、ヤンナ‐ベルタに黒い帽子を渡した。ベレー帽のような帽子だったが、これも上等そうだった。ヤンナ‐ベルタは帽子を受け取ると後ろの座席に置いた。

それを見たヘルガは眉間《みけん》にシワを寄せて言った。

「私ならかぶるけれど。汚染地域から来た人を見ると、みんなおかしな反応をするのよ。それに、避難してきた人を泊めないホテルだってあるの。もしも病状がはっきりと目に見えると、お客が逃げていくからって言うのよ」

ヤンナ‐ベルタは強い調子で言った。

「気持ちはわかるわ。だれだって、思い出したくないものね」

「もう一度言うけど、私だったら帽子をかぶるわ」

「私は覚えていたいの」

ヤンナ‐ベルタはそう言って、椅子《いす》に背をもたせかけ、頭を風に当てた。そして夏めいた風と木の香りを胸いっぱいに吸い込んだ。森の匂い――なんとすばらしいのだろう。今まで彼女は白い壁ばかり見て暮らしていたのだ。

「必要以上に気を重くすることはないでしょうに」ヘルガは言った。

「だって私には、隠すものなんて何もないもの」ヤンナ‐ベルタはぶっきらぼうに言った。

「好きなようになさい。でも、あなたは自分で自分を傷つけているのよ」

ヘルガはエシュヴェーゲまで国境沿いに田舎道を走って、汚染地域を大きく迂回《うかい》した。しかし一般に危険区域外とされている地域でさえ、ほんとうに安全なのかはわからなかった。小休止したときにヤンナ＝ベルタが草むらにしゃがもうとしたら、ヘルガは大あわてで止めた。

「気をつけて！　そこらじゅう汚染されてるのよ！」

すると、「私だってそうよ。忘れちゃったの？」とヤンナ＝ベルタは言った。

かなり暑い日だったにもかかわらず、ヘルガは窓を閉めきったまま車を走らせた。

「念には念を入れないと。ほんとうのことはわからないからね」とヘルガは言って、ヤンナ＝ベルタに湧き水さえも決して飲ませようとしなかった。

ゲッティンゲンまで来てようやく、ヘルガはアウトバーンのカッセル＝ハンブルク線に入り、二人は食事をするためにドライブインへ寄った。ヤンナ＝ベルタはメニューに書かれた値段を見て目を丸くした。

ヘルガは説明した。

「肉も野菜も輸入。ドイツ産はジャガイモだけよ。去年収穫した物だから。でも来年は外国から輸入しなくてはならなくなるでしょう――少なくともそれが買える人たちのためにはね」

「じゃ、買えない人は何を食べるの?」

「それよりも安い物よ」

ヤンナ＝ベルタはうなずいた。つまり金持ちと貧乏人のあいだに、またひとつ新しい区別ができたということだ。レストランの客の盗み見るような視線を感じると、ヤンナ＝ベルタは挑戦的になった。彼女は突然、甲高い声で笑い始めた。

隣のテーブルにいたグループは顔をしかめると席を立って離れた場所に移ったが、ヤンナ＝ベルタはそれを無視して笑い続けた。しかし食事を終えて車の座席につくと、不安のあまり黙り込んでしまった。

9 ヒバクシャですって？

ハンブルクへ来てヤンナ―ベルタがまず驚いたのは、ここではごくふつうの日常生活が営まれていることだった。喪服、陰鬱《いんうつ》な空気、フリーメル夫妻がいること、そして毎日決まった時間に停電があることを除けば、ヘルガの家は以前とまったく変わらなかった。

ヤンナ―ベルタは、専用の部屋と下着や服を与えられた。地味な服ばかりだった。部屋には立派なレコードプレーヤーまで運び込まれた。レコードもあったが、それはヘルガの選んだクラシック音楽ばかりで、バッハからオルフまでそろっていた。

ハンブルクの学校は事故後三週間のあいだ閉鎖されていたが、授業はすでに再開されていた。ヘルガは数学と化学の教師をしていて、朝学校へ出かけ昼頃帰宅すると、午後はずっと机に向かって翌日の授業の準備や宿題の添削をしたり手紙を書いたりしていた。

それ以外の時間は、彼女はいつも安全な食品を求めて買い物へ出かけていた。

ヤンナ－ベルタは一緒に買い物に連れていってくれるように頼んだ。しかし、あちこち歩き回ったり物を持ったりするのはまだ無理だからと、ヘルガは連れていってくれようとしなかった。体を休めるのが先決だとヘルガは言った。

しかし実際のところ、そうゆっくり休んでもいられなかった。なぜなら、責任感の強いヘルガはヤンナ－ベルタを何人もの医者のところへ連れて行ったからだった。「有名な専門家」の診察を受けなければというのがヘルガの考えだった。

ヤンナ－ベルタは何種類もの薬を飲まされたり、長時間、待合室で待たされたりした。

しかし医師たちは何をたずねても肩をすくめるだけで、せいぜい「我々は放射性疾患に関しては経験不足なのでね。あなたの髪はまた生えてくるかもしれない。けれど、断言はできません」と言うのが関の山だった。

もしかしたら治るかもしれないし、治らないかもしれない。何ひとつ確かなことは言えない――それが、どれほどヤンナ－ベルタを苛立《いらだ》たせ、不安な気持ちにしたことだろう。

家ではヤンナ－ベルタは一人でいることが多かった。フリーメル夫妻とは何を話していいのかわからないので、いつも彼らを避けていた。それに彼らとヘルガのあいだにはなんとなくわだかまりがあって、それが日増しに大きくなっているのを感じていた。

やがてヤンナ―ベルタ自身もイライラがつのってきた。苛立ちの理由は何よりも、ヘルガの完璧《かんぺき》なまでの自己抑制だった。

ヤンナ―ベルタはそれだけは絶対に真似《まね》をしたくないと思っていた。それにヘルガは行儀や立ちふるまい、教養などに関してとても口うるさいのだ。何事にもきっちりしないと気がすまない性質《たち》だった。

ハンブルクへ来てまだ一週間にもならないというのに、ヘルガが言い出した。

「そろそろ学校のことを考えなきゃいけないわね。でないと勉強に遅れて、取り残されてしまうわ」

ヤンナ―ベルタは驚いた。学校？　学校のことなんてすっかり忘れていた。それに今でもまだ体がだるい。夜も彼女にとっては休息の時間ではなかった。恐ろしく悲しい夢に苦しめられることが多かったからだ。

しかしヘルガは学校行きを主張し、フリーメル夫妻もそれに同意した。

ヤンナ―ベルタにはヘルガの意思に逆らうだけの気力もなかった。ヘルガはすぐに自分の学校に転入手続きをした。

翌朝、ヤンナ―ベルタは気がすすまないまま学校へ向かった。行ってみるとクラスへの転入生は彼女一人ではなかった。彼女のほかにも新しい三人の生徒が授業の再開とともにクラスに加わっていた。やはりハンブルクへ避難してきた生徒たちだ。

この学校には転入生のいないクラスは一つもなく、どのクラスにも少なくとも二人はいた。ほとんどは家族を失った子ばかりだった。つまりヤンナ－ベルタは例外ではないというわけだ。

当然ながら彼女は避難者たちのグループと接するようになった。

最初の日からいきなり、ヤンナ－ベルタはバートブリュッケナウから来たという少女に呼びとめられた。彼女はものすごい剣幕で言った。

「あんた、どういうつもりでそんなかっこうで歩き回ってんの」

彼女はヤンナ－ベルタの頭を指さした。

「このままじゃ恥さらしだとでも言うの？」とヤンナ－ベルタは言い返した。

「違う。でも、わざわざあんたの不幸を見せびらかす必要もないでしょう」

とその少女は言った。

バンベルク出身の少年は横でうなずき、明るいブロンドの少女も言った。

「あんたは自分だけじゃなくて私たちも傷つけてるのよ。少なくとも帽子はかぶってちょうだい。私たちはヒバクシャ。だけどそれを宣伝する必要はないでしょう」

「ヒバクシャ？」

ヤンナ－ベルタはそれが広島の原爆での生存者をさし、今やグラーフェンハインフエルトを生きのびた人々をも意味するのだということを初めて知った。

彼女は家に帰ると浴室の鏡の前に立ち、体中を点検するように見た。

「私はヒバクシャ」彼女はつぶやいた。

そのとおりだ。髪が抜けていなくても、やせ細って弱々しい体を見たら一目瞭然《りょうぜん》だろう。外ではみんな彼女を避けていく。

この夏の真っ盛りに帽子やスカーフをかぶっているのは被曝者《ひばくしゃ》しかいない。被曝者らしき人を見ると、まるで波が引くようにみんな遠ざかっていく。そして離れたところから好奇の視線を投げるのだ。軽蔑《けいべつ》したり、意地悪をしたり、心を傷つけるようなことを言う人はだれもいない。かといって、学校でもバスの中でも、ヤンナ―ベルタの隣に座ろうとする者もいなかった。彼女はそのことにすぐに気づいた。

フリーメル夫妻は住まいをむりやり追い出された人々がいると話していた。家主が避難者たちを住まわせるのを拒んだからだ。

「みんな私たちのことを気持ち悪がってるのよ。私たちからも放射能が出てると思ってるんだ。もしかしたらほんとうにそうなのかもしれない」

最初の日にヤンナ―ベルタを見て非難した少女は言った。

ヤンナ―ベルタはこっそり彼女の髪の生え際を見た。彼女はカツラをかぶっていた。

バンベルクの少年は言った。

「僕はそれ以上の理由があると思うな。第二次大戦後も難民の人たちは嫌われていたって、シュレジア地方から引き揚げてきたおばあさんがよく言ってた。その頃は放射能なんて関係なかったのにね。今回無事だった人たちは、よそで助けを求めている人がいても他人の不幸には無関心なんだよ」


やがて、一見ごくふつうに思えたハンブルクの生活もそれほど正常ではないということがわかってきた。ある朝学校へ行く途中、食料品店の前に長い行列ができていた。ヤンナ-ベルタは不思議に思って、いったい何の行列かとたずねると、「国の配給の粉ミルクですよ」という答えが返ってきた。

家に帰ってそのことを話すと、フリーメル夫人は説明した。

「汚染されていない食品の配給があると、みんな飛びつくのよ」

するとフリーメル氏がつけ加えた。

「金が払える限りはね。今や食料を供給できる国々は大喜びだ。食べられさえすれば、どんなゴミみたいな物でもかき集めてこちらへ送ってくる。もちろん金と引き換えさ！」

「ドイツの農家の人たちはどうしているの？」ヤンナ-ベルタはたずねた。

彼は、すっかりあきらめ口調で言った。

「問題外だ。農家はどこも、家畜を処分する以外、道はなかった。だれだって肉を買うわけにいかないからね。唯一、この近辺と南のアルゴイ地方だけは、牛乳の生産を続けている。しかし、それも子どもたちや若い人たちは飲まないほうが安全だ」

「私たちだってそんなもの飲まないわ」奥さんが口をはさんだ。

おじさんは続けた。

「チェルノブイリ事故の後も、ほんとうなら汚染牛乳は売ってはならなかったんだ。生活のためには売るのもやむをえなかったんだろうが、それでも農家はどんどん破産していった」

「あんなに手塩にかけた菜園もこれでおしまい。思い出すと悲しくなるわ。今にドイツ中雑草だらけになるに違いないよ」

フリーメル夫人は嘆くように言った。

学校の行き帰り、ヤンナ-ベルタはさらに多くのものを見た。

かつて倉庫として使われていた建物と映画館は、避難民たちであふれていた。学校の体育館も宿泊所になっていて、校庭と体育館のあいだは板塀でしきられていたが、彼女はときおり、隙間《すきま》から向こうをのぞいてみた。

子どもたちが遊んでいる。大人たちは体育館の壁にもたれたり、間に合わせのベンチに腰かけて日光浴をしているが、力なく目を閉じているか、うつろな目でぼんやりしているかのどちらかだった。粗末な服を着ている人ばかりだ。みんな疲れが顔に出ているし、まるで病人みたいな人もいる。

真夏だというのに、頭にスカーフを巻きつけた女の人や帽子をかぶった子どもたちが目につく。塀をよじ登って、学校のようすを珍しそうに見ている子どもたちがいたが、用務員におりるように注意された。

「あの人たちはどうやって暮らしているの？」ヤンナ－ベルタはバンベルクの少年にたずねた。

「食べ物は炊き出し。着る物は赤十字に集まってきた服。事故の直後に、衣服が集められたんだ。繊維会社の寄付もあったけど棚ざらしかホコリまみれの服ばかりさ。医師がついてるかどうかは僕も知らないけど、国がなんとかするんじゃない？　それに今のところ、みんな小遣いをもらってるんだって。４ｂのクラスの子から聞いたんだ。そいつは体育館で暮らしてる。でも体操服や運動靴を買うにもたりないらしくて、クラスで募金をしたっていうよ」

しばらくして彼はつけ加えた。

「国会では今、何もかも失った人たちに対しては補償年金を出すことを考えているらしい」

数日後の休憩時間、ヤンナ―ベルタは学校の廊下でエルマーに出会った。フルダの学校での同級生だ。彼も髪がほとんど抜け落ち、くすんだような顔色をしていた。

「エルマー！」ヤンナ―ベルタはうれしくなって声をかけた。

ふり向いたエルマーの顔が輝いた。二人は休憩時間中、互いのことを話し続けた。しかし彼もクラスの仲間たちがどうなったかは知らなかった。

「何人かは死んじゃったかもしれない。遅すぎたんだ。もっと早い時期に避難命令を出すべきだったんだ。いかにもドイツの政治家らしいよ。責任を取る勇気のある奴《やつ》はだれもいなかったんだ」

エルマーのいつもの調子だ。彼はまるで大人のような口調で、ああすべきだった、こうすべきだったと言うのだ。

「家を出たときは道はもう完全に渋滞していて、前に進めない状態だった。父は何か大切な書類を探していたし、母はあれもこれも持っていくって荷作りしてたものだから。母は今病院にいるけど、ずっと危篤《きとく》状態が続いてる。父と僕は親戚のところへ身を寄せたんだけど、むかつくことばかり――。そりゃ体育館にいるよりはマシだけど、僕らは死ぬまで頭をさげどおしさ。ずっとペコペコしながら暮らさなきゃならない。僕ら汚染された人間は、施しと憐《あわれ》みを受けながら生きていく運命なんだ。僕らは国のお荷物なんだよ」

　授業の始まるベルが鳴った。エルマーは教室までヤンナ－ベルタを送りながら、彼の父は教会を脱退したと言った。

「以前は、毎週日曜の朝には教会へ行かされていた。父が行けって言うからね。でも今回のことで、父は神にもう見捨てられたと思ってるんだ。敬愛する神がなぜ、こんな不公平なことをするのかって。自分が選んだ政治家に腹を立てるかわりに、神を責めるんだ。いや、腹を立ててるのはむしろ、自分自身に対してかもしれないな」

　教室の入口まで来ると、エルマーは早口で言った。

「あれ以来、僕はいろんなことを考えたけど、ひとつはっきりしたことがある。だれかさんがいないと思えば、物事はすっきり割り切れるんだ」

「だれが？」ヤンナ－ベルタはたずねた。

「だれって？　神さまに決まってるじゃない」

　そう言ってエルマーは人さし指を立てて上に向けた。

　ヤンナ－ベルタはとまどった。これが、あの優等生のエルマーだろうか。あんなに明るくて落ち着いていたエルマーなのに、すっかり人が変わってしまった。自分もこんなに変わってしまったのだろうか。

ハンブルクへ来てからも、ヤンナ－ベルタは横になっていることが多かった。今でも体がだるくてたまらない。何をするのにも骨が折れた。

宿題もせずに学校へ行くこともよくあった。学校でも二時間目か、遅くても三時間目になると頭がガンガン痛んでくる。家に帰って、二口、三口ほど何かを食べると、ヤンナ－ベルタは中から鍵《かぎ》をかけてベッドに倒れ込むのだった。だれとも口をききたくなかった。

「少しぐらい家事を手伝ったらどう？」

ある日、額にシワを寄せながらヘルガが言った。彼女は非難がましいことを言うとき、決まって額にシワを寄せるのだ。

「つまるところ、あなたと私はひとつの家族なんだから」

ヤンナ－ベルタはたまげた。冗談じゃない、家族だなんて――絶対にお断り。ヤンナ－ベルタは以前と同じように、あくまでも一人の伯母《おば》としてヘルガと接するつもりだった。

ヘルガが授業の準備をしたり手紙を書いているあいだ、ヤンナ－ベルタは浮かぬ気分で汚れた食器を食器洗い機に並べた。フリーメル夫妻は買い物を担当していた。

よく伯父《おじ》や大伯母のだれかが一族の権力を握っているように、ヘルガも家族の全権を握っていた。彼女は被災地にいた親戚の消息を確認しようと躍起になった。何通もの手紙が「転居先不明」のスタンプを押されて戻ってきたが、ヘルガはあきらめなかった。やがて彼女はヤンナ－ベルタの父が、おそらく事故の当日にシュヴァインフルトで亡くなったことをつきとめた。母とカイはキンツィヒ川上流のどこかに作られた赤十字のテントで亡くなっていた。まずカイが死に、その四日後に母が死んだ。ヨーについては、死んだことだけは判明したが詳しいことまではわからなかった。ヘルガにとっては家族ではないのだ。

アルムートとコンタクトを取ることにもヘルガは積極的ではなかった。ヤンナ－ベルタは仕方なく、自分で捜索リストを見てアルムートを捜そうとした。名前は出ていたが、住所は、「ヴィスバーデン市ビアシュタット地区の小学校」と記されていただけで、その住所に送った手紙は「転居先不明」のスタンプを押されて送り返されてきた。

「あなたの名前はここの住所でリストに載っているんだから、アルムートはそのうちにきっと連絡してくるわよ」ヘルガは言った。

毎夜のように、ヘルガが遅くまでタイプを打つ音が聞こえてきた。彼女は親類中に手紙を書いて、祖父母に息子たちの死を知らせないようにと頼んでいるのだ。ヘルガは祖父母にはすでに手紙で安心させていた。

「彼らにはみんな病院にいるって説明してあるわ。今のところ具合は良くないけれどそのうちに——」

ヤンナ―ベルタはさえぎった。

「わかったわよ。病院で言ってた作り話でしょ。外部とのコンタクトは固く禁止されてるから、今は手紙を書くことさえ許されないって。そうでしょ？」

「ええ、私は嘘《うそ》をついてるわ。でも、それが最善の方法だと思っているからよ」

ヘルガはムッとしたように言った。

「そんな嘘を信じると思うの？　とにかく私は嘘をつくのはいやよ」

「彼らは信じるわ。信じたいからよ。それに二人は、あなたの両親がカイを連れてシュヴァインフルトへ行っていたことだって知るはずがないのよ。ここが完全に正常に戻るまで、できるだけ長くマジョルカにいて下さいって書いておいたわ。フリーメルさんたちだってずっとここにいるわけじゃないし。もちろんマジョルカへは送金しておいたし、実際、今のところは向こうで待ってるのが一番いいのよ」

ヤンナ―ベルタは体中から汗が噴き出してくるのを感じた。頭を整理するためにベッドに横になりたかった。彼女は祖母のベルタが編み物をしているようすを思い浮かべた。色鮮やかなパラソルの下でコーヒーを飲みながら、カイの上着やウリの帽子でも編んでいるに違いない。そして、隣に座っている祖父に手紙を読みあげてもらっている。祖母は目が悪くなって文字が読めないからだ。祖母には特にひいきの作家はいないが、作者はだれであれ、ハッピーエンドになる物語なら大歓迎だった。

「悲劇を読むにはもう年をとりすぎてしまったからね」

祖母はよく言っていたが、そんなとき、祖父も横でうなずくのだった。

ヤンナ＝ベルタは何度か、戦時中、砲兵隊の大尉だった祖父の姿を想像してみたことがあった。祖父はときどき、「あの一九四〇年の夏、ドニエストル川の岸辺では」というふうに、当時のことを話し始めることがあった。祖母ベルタが当時、婦人隊にいたことはアルムートから聞いていた。婦人隊とはナチの婦人組織で、ベルタは単なる隊員ではなく、結構高い地位にいたというのだ。

いつだったか、ヤンナ＝ベルタは祖母に婦人隊のことをたずねたことがあった。すると祖母は機嫌をそこねたように言った。

「ああ、あの頃のことにはもう触れないでちょうだい！　昔の話なんだから。私はね、傷病兵をなぐさめるために楽しいパーティーを用意する仕事をしていたの。何も悪いことをしていたわけじゃないわ」

祖母はヒトラー時代の話になると口をつぐんだ。しかし祖父は正反対で、昔のことを話したくてうずうずしていた。そんなとき、ウリはいつも目を輝かせて聞きいっていた。

「なぜそんなことを何度も何度も蒸し返さなきゃならないの、おじいさん？」と祖母は祖父をたしなめた。

「私は戦争やあのつらい時代のことは聞きたくないのよ。あなただって今まで大砲を撃つ以外、何もしてこなかったわけじゃあるまいし」

きっと二人とも新聞を放り出している頃だろう。恐ろしい事故のことなんて知りたくもないし、話題にしたくもないだろう。

ヤンナ―ベルタは祖母の声が聞こえてくるような気がした。

「おじいさん黙って下さいよ。私はもう恐ろしい話は聞きたくないんです」

しかし、毎朝顔を合わせるほかのバカンス客を相手に、祖父はとうとう自分の理論を話して聞かせるに違いない。なぜこんな事故が起きたのか――それはサボタージュのせいである。そして裏で糸を引いているのは東の奴らだと。

ヤンナ―ベルタは窓をいっぱいに開けた。レースのカーテンが風になびいて彼女の顔をやさしく打った。そのとき突然、海を見たくてたまらなくなった。海でなくても広い水面ならばどこでもかまわなかった。ヤンナ―ベルタは家を飛び出した。

「そんな急いでどこへ行くの？」驚いて声をかけたフリーメル夫人にも答えなかった。人々の憐みの視線もかまわず彼女は走り続けた。途中、コンクリートの橋げたに大きな落書きがあった。大きな文字で「すべては政治家の責任だ！」と書かれていた。

通りすがりのキオスクには新聞の見出しが躍っていた。

「ようやく警報解除！」「原子炉の放射能放出止まる！」

ヤンナ－ベルタは面くらった。ヘルガは知っていたはずだ。なのに昼食のとき、ヘルガは何も言わなかった。彼女にとってはどうでもいいことなのだろうか？　そういえば、ヘルガは政治的な出来事は決して話題にしなかった。

アルスター湖に向かう途中、学校のそばを通りかかると、驚いたことにエルマーに会った。エルマーは塀に寄りかかるように立っていたが、彼の頭はいやでも目についた。エルマーは道行く人を口汚くののしっていた。ヤンナ－ベルタは彼に近づいた。救命浮き輪でも投げるような気持ちだった。

「こんなところで何してるの？　学校は終わったのに」

「ブラブラしてるだけさ。どこへ行こうがおんなじだもの」

「宿題はすんだの？」

「宿題はやらないことにした」彼は肩をすくめた。

「もし予定がないんだったら、一緒にアルスターへ行かない？」

「予定なんてないよ」

塀を蹴《け》るようにして体を離すとエルマーは言った。

「このクソおもしろくもない毎日が早く過ぎればいい」

交差点にさしかかった。信号は赤だった。青に変わるのを待つあいだ、後ろでささやく声が聞こえた。

「おやまあ、放射能にやられたんだ」

それは二人にもはっきり聞こえた。エルマーはふり向くとどなった。

「じゃあんたたちは違うのかい！　ここだって放射能が降ってるんだ。そこらじゅうだ！　ここでは少なかったって？　人体に危険はないって？　だれがそんなことを言ったんだ？　大臣か？　政治家か？　よく聞けよ。地面も空気も食べ物も――何もかも汚染されてるんだ。頭ははげなくても、あんたたちがガンになる可能性はたっぷりあるんだ。四百や五百キロ離れていたからってそれが何だ？　出方がちょっと違うだけだ。あんたたちの子孫にはきっと障害を持った子どもが生まれてくるだろうよ。それも計算ずみだ。なんでこんなことになったのか、胸に手をあててよく考えてみるんだな！」

だれもことばを返そうとしなかった。ささやき合っていた人たちは知らん顔をしている。

信号が青になるとみんな急いで歩き出した。エルマーはその場に立ちつくしていた。

「きっと子どもや孫から恨まれるだろうよ！」エルマーはどなった。

ヤンナ-ベルタは膝《ひざ》がガクガクしてきた。また汗が一度に噴き出した。彼女は信号の柱に寄りかかって言った。

「もうよしましょう。私、帰るわ」

「よしましょうだって？　君は僕がけんかをしたいとでも思っていたのか？」

エルマーは言った。

ヤンナ－ベルタが帰宅するとフリーメル夫妻はテレビの前に座っていた。フリーメル氏はジョギングスーツを着ていたが、彼はジョギングをすることなど一度もなかった。上着のファスナーのあいだからはシャツがのぞき、ズボンのゴムの上から腹がせり出している。ヘルガはタバコの臭《にお》いがたまらないと言っていたが、彼はタバコをやめようとしなかった。フリーメル夫人は、いつも南ドイツの民族衣装のディルンドルを着ていた。今日は赤紫色だ。ハスフルトで、彼らはディルンドルやローデンといった民族衣装の店を持っていた。

彼らはソファのわきへ寄ると、場所をあけて言った。

「こちらへいらっしゃい。やっと、楽しい番組も放送し始めたわ」

ヤンナ－ベルタは座らずに、いきなり彼らにたずねた。

「おじさんたちは原子力に賛成だった？　それとも反対だった？」

「まあねぇ……どちらでもなかったな。しかし危険だなんて何も聞いていなかったしな。な、ベアベルそうだろ？」

すると、奥さんは不機嫌そうに首を横に振った。

「じゃチェルノブイリで事故があったときは？」ヤンナ―ベルタは続けて言った。

「チェルノブイリ？　だってあれはロシアの原発だろ」

そう言ってフリーメル氏は肩をすくめた。

「もうやめて！」フリーメル夫人は声を荒らげた。

「二人とも言い争いはやめてちょうだい」

ヤンナ―ベルタは部屋へ戻り、力まかせに扉を閉めた。体の力が抜け、そばの椅子につかまるのもやっとだった。そして腰をおろしたまま戸棚に手をのばすと、中から一枚のハンカチを取り出した。それは古びているがしっかりした麻のハンカチで、祖母ベルタがお嫁に来たときに持ってきた物だった。BLというイニシャルが入っている。祖母は結婚する前、ベルタ・ロートハマーという名前だった。

ハンカチはすり切れて薄くなっていたが、さわるとひんやりとした。ヤンナ―ベルタは広げたハンカチを顔の上にかけ、椅子にもたれかけたままじっと目を閉じていた。エルマーのどなり声が今でも頭の中で鳴り響いている。手で顔を覆うとハンカチに触れた。ヤンナ―ベルタはハンカチをかなぐり捨てた。


その夜、ヘルガがヤンナ―ベルタの部屋へやってきた。

「もうすぐ誕生日ね。やっぱりお祝いをしなくちゃ。親戚を呼びたいと思うんだけど、まず近くに住んでいる人たちには来てもらいたいわね。それから――」

「それとまだ生きている人」ヤンナ―ベルタは言った。

ヘルガは無視して続けた。

「ハールブルクのフレッドおじさんとケーテおばさんはマルグレートとミアを連れてくるわ。もう返事をもらってるの。オルデンブルクからはヴェルナーとマックスとテアが来るわ。それからビーレフェルトのシュノルマン家は――」

「私、だれにも会いたくない」ヤンナ―ベルタは言った。

「いいえ、みんな来てくれるわ。あなたは一人ぽっちじゃないっていうことをわかってほしいの」ヘルガはきっぱりと言った。

「ただ、一つだけお願いがあるの。その日だけはカツラをかぶってちょうだい」

「今どき、髪が抜け落ちた人を見たことがない人がいるとでも思ってるの？」

「でも親戚にそういう人がいるということはまた話が違うのよ」

「じゃ、親戚じゃなかったらいいってわけ？」

「今日はいやにつっかかるのね。いいわ。また後日話し合いましょう」

そう言うとヘルガは部屋を出ていった。

その夜ヤンナ―ベルタは、また広大な菜の花畑の夢を見た。巨大な雲が空をおおっていた。そして菜の花の中にぽつんとエルマーが立っていて、何か大声で叫んでいた。

10 毎日を一生懸命生きる

　ある雨の土曜日、玄関を開けるとアルムートが立っていた。体はやせ、目の下には隈《くま》ができていた。ヤンナ゠ベルタは彼女を見るなり抱きついた。

「どうして電話をくれなかったの?」ヤンナ゠ベルタはしゃくりあげながら言った。

「電話一本できる状態ではなかったのよ」アルムートは言った。

「少なくとも私には無理だった。捜索リストのあなたの住所はまだヘルレスハウゼンだったから、病院まで行ったの。そしたらすでに退院したあとだった。でもそこでヘルガが連れにきたことを聞いてここまで来たのよ」

　アルムートはヘルガに挨拶《あいさつ》しようとしたが、ヘルガはちょうど外出していた。フリーメル夫妻は相変わらずテレビの前に座っていた。

　ヤンナ゠ベルタはまずレインコートを脱がせ、アルムートを自分の部屋に通した。

「ウリの名前を死亡者リストで見たんだけど――。それほんとうなの?」

　ヤンナ゠ベルタはうなずいた。

「ウリのことを話してちょうだい」

ヤンナ-ベルタは声をつまらせながら話し始めた。しかしうまくことばが見つからない。

アルムートは黙って聞いていた。

「ウリは埋葬されていないの。だから考えるのはそのことばかり。寒い部屋にウリがふとんもかけずに寝かされているような気がするの」ヤンナ-ベルタは言った。

アルムートは黙ったままヤンナ-ベルタのベッドに腰をおろした。ヤンナ-ベルタも腰をおろすと、アルムートの体に腕を回し、ふさふさとした黒い髪に手を触れた。

「あなたはまだ髪があるのね」

「髪？――そうね」アルムートは言った。

そして二人は沈黙した。

しばらくしてヤンナ-ベルタが口を開いた。

「子どもは？　子どもはどうしたの？」

アルムートは両手をあげると、力なく落とした。

「もしかして――」

ヤンナ-ベルタの問いにアルムートはうなずいた。そしてヤンナ-ベルタを引き寄せると泣き出した。

「それも私が今まで来られなかった理由のひとつよ。病院はどこでもごったがえしていて、何週間も待たされたわ。ああ、思い出してもぞっとする」アルムートは言った。

「そうするよりほかなかったの？」

「ええ。通達があったの。シュヴァインフルト地区に住んでいた妊娠初期の女性は中絶したほうがいいって。もちろん私たちは長いあいだ考えたわ。でも避難してからというもの、私は吐き気がおさまらなくて下痢《げり》も続いていたの。ラインハルトもそうよ。そして大量の出血。逃げるのが遅れたの。でもまず生徒を逃がすことが先決だったから、仕方がないのよ」

それを聞いたヤンナ－ベルタも泣き出した。

「子どもを産んでいいのかどうか、だれにもわからなかったの。健康な子どもが生まれるかどうか――」

アルムートは自嘲《じちょう》気味に笑ったが、手を顔にあてるとまた泣き出した。ヤンナ－ベルタはもう一度、アルムートの髪に手をのばした。なんと柔らかく手ざわりが良いのだろう！

「さあ、もう十分泣いたわ」そう言うとアルムートは立ちあがり、鼻をかんだ。

「ラインハルトがあなたによろしくって。彼は来週からヴィスバーデンのフラウエンシュタインで授業を始めるの。昨日、通知が来たの。そんなに早く学校に戻れるなんて思ってもみなかったんだけど。でも私の場合はまだまだ時間がかかるわ」

アルムートは知り合いと一緒にハンブルクまでやってきたのだと言う。明日の朝にはその人と、またヴィスバーデンへ戻らなくてはならない。

「車はどうしたの？」ヤンナ‐ベルタはたずねた。

逃げる途中、二人は渋滞に巻き込まれ、そこで車を強奪されたのだった。故障車に乗っていた三人の男が彼らの車のドアを開け、ラインハルトを引きずりおろしてしまった。アルムートも車から這《は》い出るよりほかなかった。車を発進させる直前、彼らは自分たちの車のキーを投げてよこした。

「彼らは笑いながら、良かったら一緒に来るかいって言ったの。でも、それもごめんだったわ。仕方なく、親切な人が拾ってくれるまで歩いたの」

ヤンナ‐ベルタはしばらく考えて言った。

「あのときなぜ、ウリに地下室にいなさいと言ったの？」

「うちと比べれば、シュリッツは原発からずっと遠く離れているの。だからあなたたちまで避難することになるなんて思いもよらなかった。二人だけで外へ出るなんて危険だし、姉さんたちもきっとシュヴァインフルトから脱出して、あなたたちを助けに戻れるとばかり思っていた。でも私が状況をしっかりつかんでさえいたら――」

アルムートはことばをつまらせた。

「あの電話のあとすぐ、ママが電話してきたの。逃げなさいって。だけど、逃げずに地下室に残っていたらウリは死ななかったかもしれないわ」ヤンナ−ベルタは言った。

「それはわからないわ。でも今となっては何を言ってももう同じよ」

アルムートは口ごもりながら言った。

「『行きなさい』がママの最後のことばだったわ」ヤンナ−ベルタは言った。

ヤンナ−ベルタは台所におりると、コーヒーをいれ、目玉焼きを作った。あわてていたのでこんろのまわりを汚してしまった。

アルムートは一気にたいらげた。彼女はヴィスバーデンからハンブルクへの道中、何も口にしていなかった。ヤンナ−ベルタは膝《ひざ》を折ってアルムートのそばに腰をおろした。

アルムートは食べながら言った。

「ベルタおばあちゃんなら、あなたの頭を見てすぐに帽子を編むでしょうね。まずは他人の目につかないように。そして第二に風邪を引かないように」

アルムートが笑ったので、つられてヤンナ−ベルタも笑い出した。

「でも、いいことだってあるのよ。あなたはだれが見てもすぐ被曝者《ひばくしゃ》だってわかるけど、私は自分で言わなきゃならないの」

ヤンナ−ベルタは、なるほどそういう考え方もあるのかと思った。ヤンナ−ベルタはアルムートが来てくれたことがうれしかった。彼女はこの数日来、ヘルガ以上に無口になっていた。

しかしアルムートの前では、ヤンナ―ベルタは堰《せき》を切ったようにこれまでのことを話し始めた。自転車での逃避行、バートヘルスフェルト駅での出来事、ヘルレスハウゼンの病院での生活のこと、そしてヘルガのこと、エルマーのこと。今まであったことをすべて、話して聞かせた。アルムートはじっと聞き入り、何度もあいづちを打ったりうなずいたりした。話に夢中のあまり、二人は時のたつのもすっかり忘れていた。

ドアをノックする音が聞こえた。ヘルガだった。彼女は短く「いらっしゃい」と言うと、ヤンナ―ベルタの両親とカイについて詳しい情報を持っているかアルムートにたずねた。しかしアルムートもヘルガ以上のことは知らなかった。

「ここに泊まっていいわ」そう言うとヘルガは部屋を出ていった。

夕食のとき、フリーメル氏とアルムートが口論を始めた。おじさんは自分の店や家が心配でたまらなかった。

「店がめちゃめちゃに荒らされているんじゃないかと思うと眠れないよ」

奥さんは彼の手を取ると、なだめるように言った。

「パウル。私たちは未開国にいるわけじゃないんだから」

するとアルムートは言った。

「家に帰れるのはまだずっと先のことよ。すべては振り出しに戻ったの。また初めからやり直し。だからこそ、これからの毎日を一生懸命生きなくちゃ。ライン－マイン地区では被曝者の連帯組織を作る動きがあるの」

「連帯だって？」フリーメル氏が口をはさんだ。

「だれが何に対してだれと連帯するんだい？」

「私たち被災地での生き残りよ。私たちは多かれ少なかれ、ひとつの社会階層と見なされると思うの。つまりすべてを失い、健康も損なった人たち。経済力もないし発言力もないわ。でも事故への反省を促したり、何よりも今回のことを忘れないように社会にアピールすることはできるはずだわ」

「おおげさね」ヘルガが言った。

「おおげさですって？」アルムートはほほえんだ。

「広島のことを書いた本を読んでごらんなさいよ。広島での被爆者たちと私たちは、まるで同じ境遇よ。ただ、西ドイツでの被曝者はこれからもどんどん増えるでしょうけど」

「そんな恐ろしいことを言わないでちょうだい」フリーメル夫人がさえぎった。

しかしアルムートは聞き流し、続けた。

「でも私たちはまだ幸せだわ。ヒトラーがいたらとっくにガス室送りのところよ。傷ものになった遺伝子もろともね」

「まあまあ」フリーメル氏はそう言うと、椅子《いす》にもたれた。

「それは言い過ぎだよ。要するに問題は重度の被曝者から――いやアルムートすまん、あなたもその一人なんだが――障害児しか生まれてこないとわかった時にどうするかだ。つまり――」

「つまり子どもを作るのは禁止すればいいってこと？　確か、昔もそういうことをした政治家がいたわね」アルムートがさえぎった。

「アルムート！　彼は何もそこまで言ってはいないわ」奥さんはあわてて言った。

「言ってはいないけれど――」アルムートは反論しかけた。

そのとき、ヘルガが立ちあがりテーブルを片づけ始めた。アルムートもそれ以上は言わずにヘルガを追って台所へ行き、食器を洗った。ヘルガはそばで、着いたばかりの祖母からの手紙を読みあげた。

彼らは元気ですっかり日焼けしている。そして今回の原発事故で、だれも悲劇的な目にあわなかったと聞いて安心した。息子の家族全員が一日も早く健康を取り戻すことを願っている。そして自分たちはシュリッツに戻る許可が出るまで、ここにとどまるつもりだ。

以上のようなことが書かれていた。

「やれやれ。安心してくれて助かったわ」ヘルガは言った。

「『悲劇的な目』か——。『死』ということばさえ彼らにはタブーなのね」

アルムートは言った。

あと片づけが終わると二人はヤンナ―ベルタの部屋へ行き、ろうそくをともした。揺れる炎のもとで、アルムートはヴィスバーデン・ビアシュタットでの今の暮らしについて話し始めた。彼らは半地下にある小さな住居に住んでいる。台所つきの居間に寝室とトイレ。そこでアルムートとラインハルトと彼の父親の三人が暮らしている。ヤンナ―ベルタはラインハルトの父もよく知っていた。彼はバートキッシンゲンで小さな植木屋をやっていて、たずねていくと花のあいだからやさしい顔をのぞかせる。いつ見ても彼の手は泥だらけでタコがたくさんできていた。

まず彼らは大家の老婦人との関係に苦労した。

「立って歩けるようになるとすぐに収容所から出されて、住まいが割り当てられたの。大家さんは大きな家に一人で住んでるくせに、最後まで私たちを住まわせるのをいやがったの。そりゃ私たちは物音もたてるし声も大きい。彼女とはかなり異質な人間よ。だから気持ちも少しはわかるんだけどね。でも他人が同じ家に暮らすということは、自分以外の人たちも物音をたてるんだってことが、彼女にはなかなかわからないの。

もうお年寄りだから無理かもしれないわね」

ヤンナ‐ベルタはうなずいた。実に何百万人もの人々が避難したため、今は何よりも住居を確保することが先決だという。そのために死者が出るほどの混乱も起きたらしい。しかし助力を惜しまぬ人がいるのも事実だった。ヴィスバーデンには朝から晩まで避難民の世話をしている牧師もいるし、マインツでは市民のボランティア組織ができたという。

「私たちも組織を作るの。被曝者以外の人たちも賛同してくれているし、きっと何かを動かせるわ」

「チェルノブイリのあとのデモのこと、まだ覚えてる?」ヤンナ‐ベルタは言った。「みんな一生懸命だったじゃない、ママもパパもあなたも。私はまだ小さかったけどよくわかった。でもおじいちゃんたちが言ったことは正しかった。そのうち、みんなチェルノブイリのことなんてきれいさっぱり忘れてしまう、ウクライナでたくさんの人たちが死んでいこうとも、現実は何も変わらないって。でもなんとかしなきゃってパパとママは言ってたわ」

「チェルノブイリだけじゃこたえなかったのよ。でも今回の事故でさえ、どれほどのクスリになるかわからないわ。もっと大きな事故が起こらないとみんな気づかないのかもしれない」

「そうね。今度のことだってもう、みんな忘れようとしてるもの。だから私、カツラも帽子もかぶりたくないんだ」

アルムートはヤンナ－ベルタの頭にやさしく手を触れた。

ヘルガは居間に折りたたみ式ベッドを入れようとしたが、アルムートはヤンナ－ベルタの部屋で寝たいと言った。二人はマットレスを二階へ運びあげ、床の上に敷いた。ヤンナ－ベルタはアルムートに自分のベッドを勧めたが、彼女は「ありがとう」と言っただけで、そのままマットレスの上に横になった。ヤンナ－ベルタはろうそくを吹き消した。

しばらくしてアルムートが声をかけた。

「もう眠ってるの？」

「ううん」

「まだ、あなたに話していいかどうかわからないことがあるんだけど」

アルムートは口ごもりながら言った。

「話して」ヤンナ－ベルタは言った。

「いやだったら、やめてって言ってね」そう言うとアルムートは話し始めた。

「あの日の午前中、事故が起きてからまだ二、三時間もたたないうちに原発の周辺地域が警察と軍隊に包囲されたの。今は第一立ち入り禁止区になってるところね。そして、住民は地下室に入るようにと言われたの。それを聞かずに逃げようとした人は、撃たれたっていうのよ。それも機関銃で」

ヤンナ‐ベルタはふと、アイゼの話を思い出した。

「それ、ほんとうだと思う？」彼女は聞いた。

「ええ」アルムートは答えた。

「軍や警察は隠そうとしたらしいけど、秘密にしておけるわけがないわ」

「だけど、なぜそんなことをしたの？」

「それはね、近くに住んでた人たちは放射能汚染が特にひどくて、ほかの人にも危険を及ぼす可能性があるからよ。それに、どうせ彼らは死ぬ運命なんだから殺しても同じだと思ったんじゃない？　ゆっくりと苦しみながら死んでいくよりほかないのだから」

二人は黙った。しばらくしてヤンナ‐ベルタが口を開いた。

「だけど、よりによって警察と軍隊がなぜ――？」

「人間っていうのはなんでもできてしまうものなのよ」とアルムートは言った。

再び沈黙が続いたあと、ヤンナ‐ベルタはたずねた。

「パパもそのなかにいたのかしら？」

「それはわからないわ」アルムートは答えた。

ヤンナ－ベルタは泣いた。

「私、ここにはいたくない。私も一緒にヴィスバーデンへ連れていって。お願い」

「できることならそうしたいと思ってるわ。それはわかるでしょ？　でも今は三人暮らすのがやっとなの。だから、もう少し広いところを見つけるまで、なんとかここでがんばって。だけど——どうしても我慢できないようだったらうちへ来なさい。いい？」

翌朝、アルムートの知り合いが迎えにきた。彼女が車に乗り込むと、ヤンナ－ベルタは涙がこみあげて仕方がなかった。まわりの風景が涙でにじんだ。

「しっかりするのよ！」

車の中からアルムートの声が聞こえた。

車が行ってしまったあとも、ヤンナ－ベルタはしばらくその場に立ちつくしていた。

家の中に戻るとヘルガが台所で玉ネギを刻んでいた。驚いて顔をあげたヘルガの目は涙でぬれていた。彼女は言った。

「あなたも一緒に行ってしまったと思ったわ」

11 責任逃れ

ヤンナ―ベルタはエルマーと一緒にいることが多くなった。フルダの学校にいた頃は、優等生の彼になんとなく近よりがたくて敬遠していた。エルマーは、相変わらず今も長い演説をするが、何よりも物事を否定的に見ていた。そして、だれかが反論でもしようものなら異常なほど興奮した。しかしヘルガやフリーメル夫妻と一緒にいたくなければ、ヤンナ―ベルタも彼といるほか時間の過ごしようがなかった。

エルマーとはいつも校門前で落ち合うことにしていた。彼はヤンナ―ベルタとは逆方向に住んでいたからだ。エルマーはたいていヤンナ―ベルタよりも先に来て待っていた。

天気がいいと二人は近くの公園までブラブラ歩いて行った。

「緑のあるところならハンブルクもシュリッツとそう変わらないわね」とヤンナ―ベルタが言うと、エルマーは

「緑だって？　このコンクリート荒野のどこが緑なんだい？」と軽蔑《けいべつ》するように言っ

た。

「家にいるときはだれと話をしているの？」

「親戚の家でかい？　だれとも話さない。父はくよくよしているばかりだし、親戚の人たちは何事にも興味がない。初めから話が嚙《か》み合わないんだ」

ある日、エルマーはこんなことを言った。

「僕らは貧困に苦しむようになるだろう」

「だれが？」驚いたヤンナ＝ベルタは聞き返した。

「僕らみんなさ」エルマーはムッとして言った。

「原発は貧困をもたらす。だって事故のおかげで増えたのは、宿無しと失業者と病人ばかり。金がかさむだけだ。農業はもうおしまいだし、交通もマヒしている。それに――」

「だけど、どうしてそんなことがわかるの？」

すると、エルマーは腹にすえかねたように言った。

「目を開けていさえすれば、はっきり見えるよ！　みんな物を売り払おうとしている。そこらじゅうにある『売ります』の札が見えないのか？　それに『必要に迫られたので手放します』というたくさんの新聞広告も？　目をつぶって街を歩いているのか？新聞も読まないの？」

ヤンナ－ベルタは思った。だってハンブルクは何もかも新しいことばかりだった。シュリッツなら、そんな広告もすぐ目についただろう。だけど新聞に関しては、そういえば広告ページは一度も読んだことがなかった。

「読まなきゃ駄目じゃないか」エルマーは言った。

「みんな生活がかかってるんだ。でも思うようには売れない。今となっては、工場まるごとひとつ売るのも毛皮のコートを売るのも同じだ。スーパーマーケットも店も家も、二束三文で売りに出されている。みんな強制競売にかけられているんだ」

ヤンナ－ベルタは何も知らなかった。エルマーは彼女がテレビのニュースさえ見ていないと知ると猛烈に腹をたてた。ヤンナ－ベルタはため息をついた。だって、テレビの前にはいつもフリーメル夫妻が座っているんだもの。

「情報を得ようとしなければ、どんどん取り残されていくんだ」とエルマーは言った。

エルマーが親戚の人たちを批判して言ったことがあった。

「もちろんあの人たちも、以前のような生活はできなくなるのはわかってる。だけど、彼らには貧困よりもこわいものがある。彼らは不安で仕方がないんだ。暴動の不安、恐慌の不安。ハイジおばさんは夜眠れなくなっているし、クルトおじさんはどなり散らしているだけ。僕らドイツ人はいざとなると強い。奇跡の経済復興だってなしとげた。でも先に少しでも希望の光が見えないと何にもできなくなるんだ」

フルダの学校でも、エルマーがこうやって演説を始めるとクラスのみんなは「ああまた始まった」と言わんばかりに目くばせし合ったものだった。

しかしエルマーは以前よりいっそう早口になり、まるで何かにとりつかれたようにまくしたてた。ヤンナ―ベルタは彼をじっと見た。頭がおかしくなってしまったのだろうか。いや、そんなはずはない。状況の把握は早いし問題もきちんととらえている。やはり優等生だ。ただ、以前のエルマーはいつもはっきりした答えを持っていた。なのに、今の彼はそれができないで苦しんでいるように思えた。

ヤンナ―ベルタがそのことを口にするとエルマーは言った。

「答え？　そんなものはないんだ。もうだれにも答えなんか見つかりっこない」

彼は立ち止まり、ヤンナ―ベルタを見つめたまま言った。

「僕は医者になりたかったんだ」

「私はお母さんになりたいと思ってた」ヤンナ―ベルタは言った。

やがてエルマーの演説は影をひそめるようになった。学期が終わりに近づくにつれて、彼は無口になっていった。ヤンナ―ベルタは彼とよく会っていたが、エルマーは押し黙ったまま重い足取りで歩くだけだった。ヤンナ―ベルタには彼の雄弁さが懐かしく思えた。しかし彼女はエルマーのことばに刺激され、意識してニュースを見たり新聞広告を読むようになった。

夏休みが始まる八日前、バート・ブリュッケナウから来た少女が発病した。カツラをかぶっていた子だ。彼女は最後の週もずっと学校を休んだままだった。

「お見舞いに行ってきたんだけど、とても具合が悪そうだった」とバンベルクから避難してきた少年は言った。いったい何の病気なのかというみんなの問いに、肺炎だと答えた。ヤンナ－ベルタは校庭で彼をつかまえるとたずねた。

「それほんとうなの？」

「嘘《うそ》に決まってるよ。白血病だ。このところずっと調子が悪かったのに我慢してたらしい。昨日、専門病院に運ばれたんだ」

その日ヤンナ－ベルタが学校から帰ると、ヘルガがドアを開けて待ちかまえていた。

「二、三日中にはどうしても美容院へ行かなきゃ」とヘルガは言った。

「カツラが品薄になっているの。あなたの誕生日まで二週間しかないから急がないと」

「私、カツラなんかいらない」ヤンナ－ベルタは言った。

するとヘルガは言った。

「隠すことがいやなのなら、みんなにカツラをかぶっているのだとはっきり言えば気がすむでしょう」

「じゃ、何のためにかぶるの？」

「あなたもわからない人ね。何ていうかつまり――若い人が髪の毛が抜けたままでいるのを見るのは気が重くなるのよ。だからお願い。簡単なことよ。みんながいるあいだだけでいいんだから」

　ついにヤンナ－ベルタは折れ、しぶしぶ美容院へ行くことにした。しかし、彼女は自分ではカツラを選ぼうともしなかった。仕方なくヘルガが選び出したカツラは、暗めのブロンドのショートヘアでパーマがあたっていた。

「私の髪はもっと明るい色だったわ」ヤンナ－ベルタは言った。

しかし、それより明るい色のはなかった。ヘルガはそれを包むように店員に言った。

帰り道、ヘルガは包みをわきにかかえて言った。

「きっと、みんなプレゼントをどっさり持ってやってくるわ」

　ヤンナ－ベルタは肩をすくめた。

　家に帰ると彼女は台所のラジオのスイッチを入れ、ボリュームいっぱいにあげてロックを聴いた。フリーメル氏は露骨に嫌な顔をした。

　夏休み前の最後の日になった。ヤンナ－ベルタは、明日からをどうやって過ごそうかと思うと沈んだ気分になった。その日渡された成績表には、仮進級と書かれていた。

「学年末転入の上、前校の成績も不明なので判定材料がない」というのがその理由だった。

休み時間、一人の女子生徒がクラスのみんなに誕生パーティーの招待状を配っていた。しかし、それはヤンナ＝ベルタには配られなかった。

気がつくとバンベルクの少年がそばに立っていた。

「気にするなよ」

「僕も招待されなかった。でも彼女のせいじゃない。彼女のお母さんが僕らを呼ぶことに反対なんだ」

ヤンナ＝ベルタはうなずいた。自分たちは誕生パーティーには招かれざる客なのだ。

クラスメートたちは学校が終わると帰宅を急いだが、ヤンナ＝ベルタはあわてて帰る必要もなかった。彼女はエルマーの教室の前で彼を待った。しかし、クラスの生徒たちが出てきても彼の姿は見えない。そのとき、クラスの一人が声をかけてきた。

「知らなかったの？　エルマーは進級できなかったんだよ。だから今日は休んでる」

「エルマーが？」ヤンナ＝ベルタは信じられなかった。

「彼はまるでやる気をなくしてたし、話もしなくなってた」

そんな答えが返ってきた。

ヤンナ＝ベルタは涙声でつぶやいた。

「フルダではクラスのトップだったのに」

「地元では君らはみんな優等生だったよ」だれかが言う声が聞こえた。

家に戻るとヘルガはもう帰っていた。ヤンナ－ベルタは黙って成績表を机の上に置いた。

「成績のことは、もう聞いてるわ。夏休みはうんと勉強しなくちゃね。私が見てあげるわ」

とヘルガは言った。

「私、誕生日に呼びたい人がいるの」そう言ってヤンナ－ベルタはエルマーの名前をあげた。ヘルガは意外にも反対しなかった。

「彼も髪の毛がないの」ヤンナ－ベルタは言った。

そのとたん、ヘルガはきつい視線を向けた。しかし、ヤンナ－ベルタは「私、彼が好きなの」とひとこと言い残すと、自分の部屋に駆け込んだ。

その日の夕飯はいやに静かだった。ヤンナ－ベルタはいぶかしく思った。フリーメル夫妻は二人とも黙ったままだし、奥さんはほんの一口ほどしか食べない。

「少しぐらい髪が抜けたからって、そんなに落ち込むことはないよ」

フリーメル氏はやさしく言うと奥さんの手を取った。

「あなたにはわからないわ！」

フリーメル夫人はそう言うと立ちあがり、部屋を出ていってしまった。ふだんなら決してそんな態度をとるような人ではなかった。フリーメル氏は軽く咳《せき》ばらいをすると食事を続けた。そして食後、テレビのスイッチを入れた。

「また専門家の解説か。毎日毎日、解説ばかりだ」

そう言うと彼はテレビを消し、「おやすみ」と言って部屋へ引きあげた。

ヘルガも汚れた皿を食器洗い機に片づけると、書斎へ行き机に向かった。

ヤンナ＝ベルタは一人、居間に残された。今までこんなことは一度もなかった。フリーメル夫妻の声が小さく聞こえていたが、それもやがて聞こえなくなった。蚊《か》が二、三匹、明かりのまわりを飛び回っている。

ヤンナ＝ベルタはテレビのスイッチを入れた。まだ解説が続いている。もちろんテーマは原発事故だ。そのとき新しい内務大臣が話に加わっているのに気がついた。

「我々にすべての責任を取れとは、どうかおっしゃらないで下さい。チェルノブイリ事故後も原発の操業は続けられてきました。それについては最終的な責任は我々のところにあります。しかし、そのときなぜ、そのような結論を出すことになったのかをよく考えてみて下さい。長期にわたって民主的に議論が進められました。それには学者や政治家のみならず、政治家を選出した国民のみなさんも参加していました。全員の同意を得た上で判断したことだったのです。また、私たち政治家が核エネルギー問題に関して隠しだてをする必要がどこにあるでしょうか？　うまい話だけをした覚えもありません。もしみなさんが政治家に全責任を負わせようとするなら、それはあまりにも安易です。今回の事故には国民も含めて我々全員に責任があります。ですから——」

ヤンナ–ベルタは、ふとヘルレスハウゼンの石の人形の感触を思いだした。それは冷たくひんやりとして、すっぽりと手の中におさまっていた。

「私たちも、百パーセント安全だと断言してはきませんでした。それはみなさんも認めるでしょう」原発の代表者は言った。

彼らは次々に発言した。だれもが責任を逃れようとしていた。ヤンナ–ベルタはテレビを消して部屋に戻るとベッドに入った。

その夜はよく眠れなかった。明日からは夏休みが始まる。以前なら一年中で最も楽しい時期だった。しかし、今年は悲しく淋《さび》しい夏休みになるだろう。

誕生日を迎えるのも憂鬱《ゆううつ》だった。意味のない贈り物やくだらないパーティー。みんな同情してやってくるだけだ。ヤンナ–ベルタは夢の中で、黒い服を着て沈んだ顔をしている自分の姿を見た。そばにいるエルマーも暗い顔をしている。そして、ヘルガとフリーメル夫妻が遠い遠い地平線の向こうに立っているのが見えた。

翌朝、ヤンナ–ベルタはだれもいなくなった学校へ行った。学校は汗臭い上着やぬれた雑巾《ぞうきん》の臭《にお》いがした。掃除のおばさんが廊下をふいていた。そして階段の踊り場にはラジオの音が鳴り響いていた。事務室でタイプを打つ音が聞こえた。ヤンナ—ベルタがドアを開けると秘書の女の人は驚いたように顔をあげた。エルマーの住所を教えてくれるよう頼むと、彼女は住所を紙切れに書いてくれた。

彼女はヤンナ—ベルタの顔をのぞきこむと言った。

「休みのあいだはゆっくり静養なさいね。とても顔色が悪いわ」

エルマーは川向こうのバルムベックに住んでいた。ヤンナ—ベルタは歩いて行くことにした。時間はいくらでもある。彼女は途中、橋の上でしばらく立ち止まり、欄干から身を乗り出して下をのぞきこんだ。川面に浮かんだ油が七色に光っている。

エルマーが住んでいるのは六階建てのアパートだった。アパートの玄関を入ると、ちょうど女の人が郵便を取り出そうとしていた。エルマーたちは何階に住んでいるのかとたずねると、彼女は言った。

「あの人たちはお悔やみさえ言わせないの。行っても無駄よ。だれもドアを開けないわ」

「お悔やみって？　エルマーのお母さんが亡くなったんですか？」

ヤンナ—ベルタは驚いた。

「お母さんじゃないわ。男の子のほうよ。あら、あなた何も知らないの？」

「だって彼とはおととい——」

そこまで言うとヤンナ−ベルタは口ごもった。

「死んじゃったのよ。何にも言わずにね。昨日の朝、お父さんが彼を発見したの。静かにベッドに横たわっていたそうよ。薬らしいわ。どこで手に入れてきたのかわからないけど。すぐに病院に運ばれたんだけど、もう手のほどこしようがなかったの。何を思ったのか刑事まで来たわ。遺書はなかったそうだけど、あの子は全部一人でやってのけたのよ。かわいそうに。何もかもいやになってしまったのね。それもそうだわ、あんな頭になってしまったら――」

彼女はヤンナ−ベルタの頭を一瞥《いちべつ》するなり一瞬口をつぐんだが、続けて言った。

「今まで何人もたずねてきたんだけど、だれも中に入れようとしなかったみたいだわ。それでも一応、ベルを鳴らしてみれば?」

しかしヤンナ−ベルタはお礼を言うと、その場を立ち去った。

帰り道、彼女は長いあいだまた橋の上でたたずんでいた。そして、暗くなってからもアルスター湖畔《こはん》の公園で時間を過ごした。ヘルガともフリーメル夫妻とも顔を合わせたくなかったからだ。家に帰ると、もうみんな寝静まっていた。その夜、ヤンナ−ベルタはある決心をした。

夜明けが近づいた。ヤンナ−ベルタは少しばかりの替えの下着と靴、そしてお小遣いを入れた財布をプラスチック袋に用意した。カツラの包みは、ヘルガがソファの上に置いたままだった。しかし、ヤンナ－ベルタはそれに決して手を触れようとはしなかった。彼女は台所へ行くと戸棚からクッキーを一包み取り出し、そっと家から抜け出した。

ヤンナ－ベルタは南に向かって歩き出した。やがて店が開く時間になった。彼女は通りかかった古着屋で真っ赤なTシャツと白いズボンを買った。財布に残ったのは七マルク五十ペニヒ。すぐに着替え、そして駆け出した。

晴れた夏の朝だった。街はずれまで来るとガソリンスタンドで車に乗せてくれる人が見つかった。結局ヴィスバーデンまで、五台の車を乗りついだ。一人の老婦人を除いて、車に乗せてくれた全員が被曝者《ひばくしゃ》だった。

ヴィスバーデンに着いた時はもう日が暮れようとしていた。途中でフライドポテトにソーセージとコーラを買うと、お金はもう一ペニヒも残らなかった。彼女はびん詰めのコカコーラなら汚染されていないだろうと思ったのだが、そんな気づかいをしてみたところでたいした違いはないことは自分でもよくわかっていた。

しばらくするとまた空腹を覚えたが、お金がなくては我慢するほかなかった。

ヤンナ－ベルタは疲れきっていた。体を引きずるようにしてゆっくりとビアシュタットの丘を登り、何度も道をたずねながら物見やぐらのような塔まで来た。あたりはもう暗くて家の番地札も読めない。とりあえず、どこかの家のベルを押してみようと思った。

足音が近づいた。ヤンナ＝ベルタはどこかで同じような体験をしたような気がした。どこだったのかと懸命に思い出そうとしていると、ガウンを着た老婦人が戸を開けた。そして不審そうにヤンナ＝ベルタを見た。彼女はこんな遅い時間にベルを鳴らしたことを詫《わ》び、番地をたずねた。それはまさに探していた家だった。アルムートたちのことをたずねようとすると、老婦人は不機嫌そうに言った。

「もう十時十五分だわ。人を訪問するには遅い時間ですよ」

「私、ハンブルクから来たんです」とヤンナ＝ベルタは言った。

「荷物も持たないで？　そんな袋ひとつで？　だれが信じるもんですか」

「アルムート・ゾマーフェルトは私の叔母《おば》です。私が来るのを待っているんです」

ヤンナ＝ベルタは言った。

「まさかここに住むつもりじゃないでしょうね。三人でも狭すぎるくらいなの。これ以上はお断りよ。一人として入れるもんですか！」

そう言うと彼女はバタンと戸を閉めた。

ヤンナ＝ベルタは玄関前の階段をおり、忍び足で家の周囲を回った。半開きになった足もとの窓から明かりがもれていた。彼女はかがんで窓を叩《たた》いた。

ラインハルトの姿が窓のほうへ近づいてきた。

「私。ヤンナ＝ベルタよ」彼女はささやいた。

「ヤンナ＝ベルタ！」ラインハルトは小さく叫ぶと窓を開けた。

「入りなさい！」

ヤンナ＝ベルタは地下室の入口を探すのももどかしく、体をかがめると窓から足を入れた。ラインハルトが中から彼女を抱きかかえた。

「よく来た、ヤンナ＝ベルタ」と彼は言った。

●12 学校より大切なもの

大家がかつて客用に使っていたという半地下の住居は、事実とても狭かった。アルムートとラインハルトは小さな寝室を使い、ラインハルトの父は居間のソファを寝床にしていた。ヤンナ－ベルタはどこに寝ればいいのだろう？

廊下にマットレスを敷く以外、方法はなかったが、かといって余分なマットレスもなかった。やむをえず最初の夜はラインハルトは父親と一緒にソファを使い、ヤンナ－ベルタはアルムートのそばで寝た。

長旅で疲れきっていたにもかかわらず、ヤンナ－ベルタはすぐに眠ろうとはしなかった。学校のこと、ヘルガとカツラのこと――アルムートに話したいことが山ほどあった。そして、しばらくためらったあとエルマーの死を伝えた。

「でも、ハンブルクを出てきて良かったわね。やはりあのとき、あなたを連れて帰ってくるべきだった。ここは全くの仮住まいだけど、あなたにはかえってこういう生活のほうがいいかもしれないわ」

アルムートが言うとヤンナ＝ベルタは言った。

「私はきちんとした生活がしたいわけじゃないの。ヘルガのところではもう息がつまりそうだった」

「うまくやっていくには何よりもまず、イライラしないこと。私たち、できるだけ腹を立てないようにしているの。そりゃときには絶望したり、どうしたらいいのかわからなくなってしまうこともあるわ。でも、うちでは我慢できなくなったらいつでも『こん畜生！』だろうが『クソったれ！』だろうが言ってもかまわないのよ。何の気兼ねもないわ」

ヤンナ＝ベルタは心が安らいだ。彼女はやがて眠りに落ちた。夢も見なかった。アルムートが悪夢にうなされて何度も寝返りをうったのにもまったく気づかなかった。ヤンナ＝ベルタはただの居候《いそうろう》ではいたくなかった。何か役に立ちたかった。

翌朝すぐに、ラインハルトの父がヤンナ＝ベルタのところにやってきた。彼はみんなにパプスと呼ばれている。ラインハルトは学校へ行き、アルムートは放射能被曝者《ひばくしゃ》のための救急センターの設立準備で走り回っていたので、パプスは料理と買い物を受け持っていた。

彼は早速ヤンナ＝ベルタを連れ出すと、安心して食べられる食品、注意しなければならないスタンプやラベルの記載事項、また信頼できる店などをヤンナ＝ベルタに説明した。

「我々は米を食べることにしているんだよ。朝も昼も夜もメインは米だ。それ以外はみんなダメだからね。でも慣れてしまえばなかなかいいもんだ。米は以前よりも二倍もするが、それでもまだ途方もない値段じゃない。もう肉はまったく食べないことに決めたんだ。危険すぎる。汚染された肉を黙って売りつけようとする店もある。かといってアルゼンチンやブラジルの肉は高すぎる」

「でもどうして？　私たち自身、とっくに汚染されてるのに」

ヤンナ—ベルタがたずねるとパプスは言った。

「そのとおり。だけど我々はそれでも毎日を生きている。残された命は大事にしなきゃいかん。だからみんなきれいなサラダ菜が欲しいんだ」

ヤンナ—ベルタはパプスのアドバイスに従って、買い物をする店をしっかり頭に入れようと思った。

「そして何よりも大切なことは、役人を信じるなということだ」

パプスのことばにヤンナ—ベルタはうなずいた。彼女はパプスが好きだった。彼は外で仕事をしていたせいか真っ黒に日焼けし、白髪頭がその赤銅《しゃくどう》色の顔をいっそう際立たせていた。パプスなら夜中に大いびきをかいても許せるわと思った。

彼女は郵便局でヘルガに葉書を出した。アルムートとラインハルトが連絡しておくべきだと言ったからだ。それからパプスはヤンナ－ベルタ用の空気マットレスを買った。

買い物から帰ると二人は料理に取りかかった。インド産の米とコロンビア産の豆の取り合わせだったが、それはどんな料理の本にも出ていないような代物だった。豆が半煮えだったが、アルムートたちはおいしそうに食べた。パプスは固いのは豆ではなく鉄砲の玉だろうと言ったので大笑いになったが、ヤンナ－ベルタは冗談の意味がわからなくてポカンとしていた。

少なくともここでは笑いがあった。しかしヤンナ－ベルタが一緒に笑えるようになるにはまだ数日かかった。

ヤンナ－ベルタはアルムートの仕事も手伝うようになり、封筒の宛名《あてな》書きをしたり二本指で手紙のタイプを打ったりした。洗濯や掃除はもちろん、彼女と一緒に役所回りもした。また被曝者センター設立のための募金集めでは、アルムートよりたくさんのお金を集めた。

「君の頭のおかげだ。君を見ると、自分はまだ幸せなんだと感謝する」とパプスは言った。

パプスがしつこい下痢《げり》に悩まされたときは、そのあいだヤンナ－ベルタが、料理を受け持った。ラインハルトは料理が好きでとても上手だったが、アルムートはセンターの設立のために彼を必要としていた。アルムートは夢中だった。

「センターでは被曝者のための法律相談や健康相談、それにいろんな事務手続きをアドバイスできるようにするの。そして住まい探しを協力したり、捜索リストのコピーも置くつもりよ。センターにはただ新聞を読みにきてもいいし、泣きたい人が思いきり泣きにきてもいい。みんなの出会いの場にしたいの」

いつかまた教師として働けるようになるまで、アルムートはセンターの準備に打ち込むつもりだった。このセンターは、ライン＝マイン地方で暮らすことになったすべての被曝者のためのものだった。

アルムートはいろんなアイデアを次々に考え出し、頭はそのことでいっぱいだった。

「ここへ来た人みんなが希望と勇気を与えられて帰るような、そんな場所にしたいわ」

パプスはアルムートはあまりにも楽観的だと言った。しかし、のんびりとかまえていられない性格のアルムートは時として苛立《いらだ》ち、ラインハルトとパプスにあたり散らすこともあった。

「よくそんなに呑気《のんき》にしていられるわね！　私は何から始めていいのかわからないぐらいなのに、あなたたちったらのんびり椅子《いす》に座って眺めてるだけなんだから！」

「でも僕は僕のリズムを変えるつもりはないよ」ラインハルトは言った。

アルムートはそれを聞いてますます腹を立て、家を出ていった。しかし、夜になると彼女は上機嫌で帰ってきた。

「けんかも早いが仲直りも早い」パプスは言った。

ヤンナ-ベルタには驚きだった。あんなにたくさんのものを失ったというのに、アルムートはいつまでも打ちひしがれてはいない。一日中人のために走り回り、談判をしに何度も役所に足を運んでいる。時には「こんなことしていても無駄だわ。もうやめた！」と泣きごとを言うこともあった。しかし翌日になると、にっこり笑ってまた出かけていくのだった。

最初の頃、ヤンナ-ベルタは驚いて言ったことがあった。

「やめたって昨日言ってたじゃない？」

するとアルムートは、

「愚痴を本気にしちゃだめよ」と言うと、足取りも軽くバス停へ走って行った。

大家の老婦人は何度も文句を言いにきた。彼女はヤンナ-ベルタがここにとどまっていることが不満だったのだ。彼女の声は廊下中に響きわたった。ヤンナ-ベルタは出ていって話そうとしたがパプスは止めて言った。

「花束でも作るんだね。彼女をなだめることができるとしたら一番いいのはそういうものだ。気持ちをわかってあげよう。彼女にとっては僕らは災難なんだ」

ヤンナ―ベルタは丘の裏手で野の花を摘み、きれいな花束をこしらえた。パプスはとても気に入ってくれた。そして、それを老婦人に持っていった。戸を開けると彼女は顔を曇らせた。さらにヤンナ―ベルタの頭に不安気な視線をちらりと投げたが、花束を受け取ると短くお礼を言って戸を閉めた。

その日から、彼女は少なくとも大声でどなり散らすようなことはなくなった。

その数日後、アルムートが黙りこくったまま家に帰ってきた。彼女は同僚の教師を見舞いにフランクフルトの病院へ行ったのだが、もう間に合わなかったのだ。

「白血病。発見が遅かったの」

その人は三歳と五歳の女の子を残して亡くなった。彼女はアルムートと同じように、バートキッシンゲンからハンメルブルクの学校に通っていたが、事故の警報のあと、子どもたちを連れにバートキッシンゲンに戻ったのだった。街の中は通行止めになっていたので街はずれに車を置き、歩いて幼稚園へ行くと子どもたちはすでにどこかへ避難させられていた。彼女は最後に街を離れたうちの一人だった。それは、もう遅すぎた。

今、子どもたちはおばあさんのところにいる。しかし、おばあさんはもう七十過ぎのうえ病気がちなので、ずっと子どもたちのめんどうをみるだけの自信がない。ところがほかに子どもたちを預けられるところもない。

「で、お父さんは?」

ヤンナ=ベルタはたずねたが、その人は結婚していなくて、自分一人で二人の女の子を育てていたという。

「ね、その子たちのこと覚えてる?」アルムートはラインハルトのほうを向くと言った。

ラインハルトはうなずいた。

「いつも交代で泣いていた子たちだろう?　いやでも覚えてるさ」

「さすが先生ね」アルムートはあっさりした口調で言った。

ラインハルトは顔をあげ、アルムートの顔をじっと見た。

「つまり、君はその二人を――?」

彼女はうなずくと笑った。ラインハルトはパプスを見た。彼もうなずいた。そして言った。

「ヤンナ=ベルタはどう思うのかな?」

「もちろん賛成よ」彼女は言った。

するとアルムートとラインハルトは立ちあがり、外へ飛び出していった。ヤンナ=ベルタはあっけにとられたままだった。

彼らは栗《くり》の木の下をぐるぐる歩き回りながら、長いあいだ話し合っていた。ラインハルトはアルムートの肩に手を置き、アルムートはラインハルトの腰に腕を回していた。

「さあ、にぎやかになるぞ。仕事も増えるけど大丈夫かい？」

「平気よ」

パプスはにっこり笑った。ヤンナ＝ベルタも笑い返した。

「言っておくがね。子どもっていうのは神経にさわるもんだよ」

「でもママがいつも言ってた。私は子どもの扱いが上手だって」

「それなら安心だ。さて、お次は家探しだ」パプスは明るい声で言った。

ヤンナ＝ベルタの誕生日が来た。午前中、彼女は一人で留守番をしていた。アルムートのエプロンをかけ、ライススープを作っているとだれかがドアをノックする音が聞こえた。

開けると、ヘルガが立っていた。ヘルガは旅行用のスーツを着て、手には小さなスーツケースをさげている。

「なぜ何も言わずに出ていったの？」

ヘルガはぎごちなくパプスのソファに腰をおろすと言った。

でしょ」

「きっと、行くなって説得されると思ったから。だってあなたはいつも理詰めで話す
ヤンナ＝ベルタは答えた。そして、コーヒーを温めるとカップをテーブルへ運んだ。たっぷりと入れ過ぎたせいか、コーヒーがあふれて受け皿にこぼれた。

几帳面《きちょうめん》なヘルガなら、ふだんから受け皿にコーヒーをこぼしたまま出すようなことは決してしなかったが、ヤンナ＝ベルタは、そのままカップをテーブルに置いた。

「メモだけでも残してくれればよかったのに」ヘルガは言った。

「だって私が行くところはわかっていると思ったもの」

ヘルガはコーヒーをかきまぜると椅子に背をもたせかけた。

「ヴィスバーデンから葉書が来たぐらいでは詳しいことは何もわからなかったわ。もしかしたらここかもしれないとは思ったけれど――とても心配したのよ」

「私が出ていってすっきりした？」

「何ですって？」ヘルガはつい大声になった。

「私はわざわざあなたを引き取りに行ったのよ。それに、あなたをいいかげんに扱ったつもりもないわ」

「自分のことは自分で責任を取るわ」

ヤンナ＝ベルタはぶっきらぼうに言った。

「たった十五歳の分際で？　今の自分の立場をわきまえて言ってるの？」

ヘルガはせせら笑うように言った。

「ここではだれも年のことなんか聞かないし、まわりにいるのはみんな同じような目にあった人たちばかりよ」

「とにかく夏休みが終わったらハンブルクへ帰ってらっしゃい。あなたのために年金の手続きもしたたし、住民登録もしてあるのよ」

「登録ならもうすませたわ。アルムートが手続きをしてくれたの。簡単だったわ」

ヘルガはしばらく黙っていたが、やがて口を開いた。

「学校の教科書なんかはハンブルクに置いたままでしょう。どうやって遅れを取り戻すの？」

「私はハンブルクの学校へは行かない。もう学校なんか行くつもりはないの」

ヤンナ-ベルタは吐き捨てるように言った。

ヘルガは感情をおさえていた。

「学校へも行かないで将来どうするつもりなの？」

「将来ですって？　私に未来があるかどうかはわからないわ。でも、命が少しでも残されてるなら私は生きたいように生きる。あなたは学校よりほかに大切なものはないと思ってるのね」

「じゃあ、学校より大切なものっていったい何なの？」

「生きてるっていうことよ」

ヘルガはその意味がわからないようだった。彼女はつけ加えた。

「ああ生きているんだなと実感できるってこと」

それでもまだ、ヘルガは理解できなかった。

「いいわ。義務教育はすんでいるのだから。真剣に考えた上でやめる決心をしたのなら仕方がないわ。でも[*13]アビトゥーアなしでは将来多くのことは望めないのよ」

ヤンナ-ベルタはもう何も言いたくなかった。彼女は食器を洗い始めた。

しばらくしてヘルガは言った。

「何はともあれ、誕生日の二週間前になって突然いなくなったのは良くないわ」

「それは悪かったと思ってるわ。逃げ出してごめんなさい」

ヤンナ-ベルタはふり向くとあやまった。

「招待した人たちには、断りの手紙を書いたのよ。ヤンナ-ベルタはまだパーティーをするほどの気持ちの余裕がないからと説明しておいたけど」

そう言うと、ヘルガはバッグから手紙の束を取り出した。

「何人かは返事をくれたわ。気持ちはよくわかりますって」

「それ、私あての手紙だったの？」ヤンナ-ベルタはたずねた。

「ええ」ヘルガはためらいがちに答えると続けた。「中を読んでしまったわ。でも要するに私の手紙に対する返事よ」

ヤンナ−ベルタは流しの上にかがみこんで鍋を磨いた。

「今日、誕生日のお祝いはするの？」ヘルガが聞いた。

ヤンナ−ベルタはふり向いた。ヘルガと視線が合った。

「みんな今日が私の誕生日だなんて知らない。私だってあなたが来なかったらすっかり忘れてたわ」

ヘルガはあきれたように首を振るとスーツケースを開け、中から下着を取り出した。

「これもハンブルクに置いたままだったわ。それと服。また派手な物を着ているのね。それからこれはカツラ。いつか必要になるかもしれないわ」

そしてヘルガは上等な紙の封筒をテーブルの上に置いた。

「これは誕生日のプレゼント。これで必要な物や欲しい物を買いなさい」

ヤンナ−ベルタはお礼を言うと、空気マットのベッドで良ければ泊まっていくようにと勧めた。しかしヘルガは断った。すでにホテルをとってきたと言う。

「マジョルカにいるおじいさんたちには、とりあえず手紙を書いておくわ。あなたは夏休みのあいだヴィスバーデンのアルムートのところにいるって」

ヤンナ−ベルタは答えるかわりに肩をすくめた。

ヘルガはドアを開ける前に言った。

「誕生日おめでとう。そして、すべてがあなたの望みどおりになるよう、願っているわ。もし、ハンブルクへ戻りたくなったらいつでも帰ってきていいのよ。私は待っているし、そうしてくれるのを願ってるの。おばあさんたち以外には、あなたは私にとって一番近い肉親なの。わかってる？　私はあなたを娘だと思ってる。名字だって同じなのよ。あなたにはできるだけのことをしてあげたい」

彼女は向きを変えると去って行った。

そして並木道の途中で立ち止まると、ふり向いて言った。

「アルムートとラインハルトによろしく。幸運を祈ってると伝えてちょうだい」

ヤンナ－ベルタは家の中へ戻った。彼女は衣類やカツラをタンスにしまいながら、窓ごしに外を見た。大きな栗の木の下でヘルガがもう一度立ち止まり、涙をぬぐうのが見えた。

アルムートはその夜も仕事を続けていた。手紙を書いたりポスターをデザインしたり、仕事はたくさん残っていた。マインツから三人の被曝者が手伝いに来ていた。二人の若者と一人の女の子だった。彼らは机を囲み、アルムートとヤンナ－ベルタは床の上でポスター描きをしていた。

作業を進めながら、ヤンナ－ベルタはヘルガがたずねてきたことをアルムートに話した。そして封筒をポケットに突っ込んだままにしていたのを思い出し、中を開くと百マルク札が三枚入っていた。彼女はそれを募金箱に入れた。

「これ、誕生日のプレゼントなの」ヤンナ−ベルタは言った。

「えーっ？　今日、誕生日なの？」

みんなは驚いて大急ぎでまわりの道具を片づけると、口々にヤンナ−ベルタにおめでとうを言った。下痢に悩まされていたパプスはおぼつかない足取りで台所へ行くと、ポテトサラダを作ってくれた。貴重な、去年収穫されたジャガイモだった。

「さあご馳走《ちそう》だ！　このジャガイモは今はどこへ行ってももう手に入らない。半年前ならこんなしなびたものは捨てちまってたんだがね。でも何かのときにと思って買っておいてよかった。まさに今日はこいつにふさわしいお祝いだ」とパプスは言った。

アルムートは寝室の洋服ダンスからワインを探し出してきた。ラインハルトは冷蔵庫から桜んぼのジュースを取り出し、即興でお祝いの詩を作ってくれた。

ヤンナ−ベルタの誕生日
ワインとポテトでお祝いだ
彼女はバラの花のよう
天使も空から見守るよ

ヤンナ―ベルタは笑いながらも、あふれる涙をおさえることができなかった。

「もうふり返ってはいけないわ。これからは先のことだけ考えるのよ」アルムートは言った。

「先のこと？」ヤンナ―ベルタは涙声になっていた。

アルムートはヤンナ―ベルタを抱きしめると
「お誕生日おめでとう！」と言った。

そのとき、アルムートの視線がヤンナ―ベルタの頭に釘《くぎ》づけになった。

「髪が生えてきた！　ヤンナ―ベルタ、うぶ毛が生えてるわ！」

ヤンナ―ベルタは洗面所へ駆けていって鏡をのぞきこんだ。

「ほんとだわ！」彼女は大声をあげた。

「生えてる！　また髪が生えてきたんだわ！」彼女はうれしさのあまり、部屋中を跳びはねた。やがてみんなもつられて踊り出した。手伝いに来ていた若者の一人はやはりすっかり髪が抜けていたが、彼も楽しそうに笑っていた。

彼らは大騒ぎをしたので、久しぶりに大家の老婦人のどなり声が聞こえた。

13 引っ越しが始まった

その夏はあわただしかった。

子どもたちをひきとることが決まって、ラインハルトはヴィスバーデン＝フラウエンシュタインのぶどう畑の中に一軒の家を見つけてきた。以前は別荘として使われていたその家にもしばらく避難民が暮らしていたが、冬の寒さを恐れてよそへ引っ越していったのだ。そこにはストーブも暖房設備もなく、暖炉がひとつあるだけだった。

「いざとなったら暖炉で火を焚《た》いて、家中のドアを開け放せばいいんだ」

ラインハルトが言うと、パプスはまいったなとばかりに言った。

「時代も変わったもんだ。以前なら役所はこんな家を住居として許可しなかっただろうに」

するとアルムートは言った。

「パプスの言うとおりだわ。冬になったら、みんな鼻の下につららをぶらさげるわ。でも夏はステキよ！　子どもにとってはすばらしいところじゃない！」

「どんな目にあうかわかったもんじゃないな」パプスは憂鬱《ゆううつ》そうに言った。

早速、引っ越しが始まった。しかし家財道具はほんのわずかだった。知り合いの避難民や地元の人たちも手伝いに来てくれた。声をかけるとシーツやふとん、子どもの服、そして子ども用ベッド二台も集まった。ヤンナ＝ベルタはしっかりしたマットレスと羽根ぶとんをもらい、それを屋根裏部屋に運び込んだ。そしてホコリとネズミの糞《ふん》を掃き出した。ヤンナ＝ベルタは何か月かぶりに鼻唄《はなうた》を歌った。

寝室が二部屋、居間、台所、浴室。それでも以前の標準では六人が暮らすには狭かった。しかしアルムートはそんな考えは追いやった。状況は変わってしまったのだ。だからできる範囲で最上の方法を見つけるよりほかはない。しかし、とりあえずみんなは満足だった。

さて、次は子どもたちを迎えに行く番だった。二人のめんどうをみているおばあさんも、アルムートが来るのを心待ちにしていた。

子どもたちをひきとる二日前、アルムートは一度ようすを見に行ってきた。

「おばあさんは大忙しだったわ。けど、これでやっと楽になるわ。だけどなんだかすっきりしないの。彼女は孫がかわいくて、私を見ると泣き出したのよ。やっぱり離れるのがつらいのね。あさってからおばあさんがひとりぼっちで部屋にいると思うと気の毒で――」

すると、ラインハルトは言った。

「何を言いたいのかはもうわかってる。しかし、やっと家のことが解決したばかりだ。おばあさんも呼びたい気持ちはよくわかるが、またぎゅうぎゅう詰めの生活に戻ることになるんだよ」

「仮にそう思ってみただけのことよ。ただ、彼女の立場になってみると――」アルムートはため息をついた。

「子どもたちとおばあさんをたずねるようにすればいいじゃないか。彼女だって、来たいときはいつでもうちに来ればいい」とラインハルトは言った。

「おばあさんが来たら、子ども部屋に泊まってもらうことにしたら?」

ヤンナ-ベルタは言ったが、アルムートもラインハルトも黙ったままだった。

二日後、子どもたちを迎えに行くまで二人ともその件には触れようとしなかった。

パプスとヤンナ-ベルタは家で待つことにした。ヤンナ-ベルタは子ども部屋の窓をふき、パプスは干しブドウ入りの甘いお菓子を作った。彼は缶の底にかろうじて残っていた粉ミルクをお菓子に使った。

「今は孤児をひきとるのがなんて簡単になったんだろう。以前は児童福祉局に申し込んでから何年も待たされた。それでも養父母の資格ありと判定されるかどうかは、わからなかったもんだ」

しかし、ヤンナ=ベルタは彼のことばを聞いていても上の空だった。それよりもおばあさんのことが気になっていた。やがて外が騒がしくなった。子どもたちがやってきたのだ。ヤンナ=ベルタは外へ飛び出した。おばあさんも一緒だった。

「ようこそ！」パプスは言った。

「最初の数日だけお邪魔しようと思って――子どもたちがここに慣れるまで」

おばあさんは遠慮がちに言った。

「あとのことは、それからにしましょう。うちが気に入ってもらえるかもしれませんし」

ラインハルトは言った。

ヤンナ=ベルタの想像に反して、おばあさんはずいぶん大柄な人だった。彼女はパプスと同じくらい背丈があってぽっちゃりしている。髪は白く、分厚い近視用のメガネをかけていた。顔には疲れが見え、歩くときは少し前かがみだった。一日で子どもたちの世話は無理に思えた。

おばあさんは子ども部屋に落ち着いた。アルムートは新しいマットレスを手にいれるつもりだったが、ヤンナ=ベルタは自分のマットレスを提供した。

「おばあさんの目は娘とそっくりよ。私の同僚もとてもきれいな青い目をしていたもの」

二人きりになるとアルムートはヤンナ－ベルタに言った。

おばあさんがこれからどうするかは、まだわからなかった。そのことはだれも話題にしなかったし、彼女自身も何も言わなかった。しかし、気がつくとみんなも子どもたちと同じように、彼女を「おばあちゃん」と呼ぶようになっていた。

「娘は私を『おばあちゃん』とは呼ばせたがらなかったんですがね」と彼女は言った。

アルムートはとりあえず、家で子どもたちのめんどうをみることにした。それはなかなか容易なことではなかった。姉のイルメラはよく泣く子で、しょっちゅうおばあちゃんにくっついていた。イルメラはアレルギー体質で、食べられる物が限られていた。彼女は夜中もよく泣いた。それどころかアルムートがそばへ行くと、いっそう大声で泣きわめくのだった。

反対に妹のルートはよく太った元気な子で、手の届くところにある物はなんでも引っぱり出すので片時も目が離せなかった。彼女は自分の思いどおりにならないことがあると、火がついたように泣きわめいた。

ある日、ラインハルトとヤンナ－ベルタが買い物から帰ると、ソファにうつぶせになってアルムートがさめざめと泣いていた。パプスはルートをしっかりとつかまえ、おばあさんは膝《ひざ》の上でイルメラを寝かしつけている。

「私には無理なのよ」アルムートは泣きながら言った。

「今までこんなに手のかかる子どもたちはいなかった。私にはできない。もうだめ。食べようとも寝ようともしない。それどころか遊ぼうともしないの」

しかしラインハルトは言った。

「でも仮に僕らのあいだに子どもがいて、その子が君の気質を受けついでいたら、もっと手に負えないと思うよ」

「だって、そんなことは――」

「何だい？」

「いえ、なんでもないわ。そうね、あなたの言うとおりかもしれないな」

彼女はソファから体を起こし、ハンカチを探した。ラインハルトは自分のハンカチを差し出した。アルムートは鼻をかむと言った。

「あなた、子どもたちの夕飯の支度をしてくれる？　お願い」

子どもたちが寝たあと、ヤンナ-ベルタたち三人は玄関前の石段に腰をかけ、眼下に広がるフラウエンシュタインの家並を眺めていた。干し草とハーブの匂いがする。そして、花壇からはバラの香りが漂ってきた。

アルムートはぼんやりと空を見つめながら、ラインハルトに寄りかかっている。彼と並ぶとアルムートは何と小さく見えるのだろう。ラインハルトはまるで大きな石のようだ。アルムートの影はラインハルトの影の中に吸い込まれてしまっている。彼の口ひげと濃い眉《まゆ》は夕日の中で赤く染まっていた。

「さっきはごめんなさいね。少し疲れてたのよ」アルムートは言った。

「子どもたち、どうするの？　返すことにするの？」とヤンナ−ベルタはたずねた。

するとアルムートは姿勢を正して頭をまっすぐに上げ、言った。

「とんでもない。さっきの泣き言は忘れてちょうだい。おばあさんのことはあきらめたわ」

「僕はあきらめてはいない」ラインハルトは言った。

アルムートは目を丸くすると、家の中へ駆けこんだ。

「二人ともこっちへ来て！」アルムートが呼ぶのが聞こえた。

パプスもやってきてヤンナ−ベルタのそばに腰をおろした。しばらくするとアルムートとおばあさんが来た。アルムートは椅子《いす》をかかえてくると、おばあさんを座らせて言った。

「決めなきゃならないことがあるの。私たちはおばあさんにこれからもずっといてもらいたいと思っているんだけど」

「みなさんさえ良ければ――」とおばあさんは言った。

「もちろんよ！」ヤンナ−ベルタはきっぱりと言った。

被曝者《ひばくしゃ》センターがオープンする日が近づいた。あわただしく準備が進み、デモもいくつも計画されていた。この数日、ドイツ人たちが次々とフランス国境にデモをかけていた。それはフランスの反原発運動を支援するためだった。

パプスとおばあさんに子どもたちをまかせて、ヤンナ‐ベルタたち三人は友人グループと一緒にカットノムへ行った。

カットノムはルクセンブルクと西ドイツとフランスの三国国境から少し入ったところにあるフランスの原発だ。フランス側は国境を閉鎖したため、農道を歩いていくよりなかった。別のグループが畑の中から現れると、彼らは合流して先へ進んだ。

ヤンナ‐ベルタはその中に、シュリッツのホフマン家とヨルダン夫妻の姿を見つけた。ヨルダンさんのおじさんは以前よりずいぶんやせ、おばさんはズボンをはいてパーカを着ていた。二人は何となくデモにはそぐわない感じだった。

「ヤンナ‐ベルタ！」

ティナ・ホフマンの声がした。ティナは駆け寄るとヤンナ‐ベルタに抱きついた。ホフマン家の人たちがシュリッツを出たのはヤンナ‐ベルタたちの一時間後だったのにティナの髪はふさふさとしている。きっと雷雨にあわなかったからだろう。

「かわいそうに」とティナは言った。

「今にまた生えてくるわ。うぶ毛が見えるでしょ、ほら」

ヤンナ－ベルタは怒ったように言った。

「違うのよ、ヤンナ－ベルタ。ティナはあなたのご両親と弟が亡くなったことを言っているの」

ティナの母親は言った。

ヤンナ－ベルタは、今の生活やこれまでのいきさつをかいつまんで話した。

ヨルダン夫人は言った。

「あなた変わったわ。このあいだまでは、まだほんの子どもだったのに」

「私たちだって変わったよ」とおじさんは言った。

「で、おじいさんとおばあさんは？」とヨルダン夫人はたずねた。

ヤンナ－ベルタは彼らはまだマジョルカにいて、家族の死についてはまだ何も知らされていないと言った。

「まあ！　じゃあこれからがたいへんね。やがて第三地区への立ち入りが許可になると、お二人もじきに帰ってくることになるわ」

ホフマン氏は先をせかした。列のあいだがあきすぎるとまずかった。ティナとヤンナ－ベルタは並んで歩いた。霧がたちこめ、やがて霧雨になった。ヤンナ－ベルタは、九月一日には第三地区の立ち入り禁止が解除されると聞かされた。

「ヨルダンさんたちはすぐに戻る予定なの。最初の日にね。庭が気になるからよ。おばさんはもう少しようすを見ていたいんだけど、おじさんがすぐ帰るってきかないの。シュリッツ近郊のお百姓さんたちもその日には戻るつもりなの。冬が来る前に作物を埋めてしまわなきゃいけないからって」とティナは言った。

もうシュリッツへ戻るつもりがない人もたくさんいるという。たとえばエッゲリングさんたちは体のことを心配している。いったいどれだけの期間、放射能が残留しているかはだれにもわからない。食べたり手に触れたりする物もすべて汚染されているに違いない。それが主な理由だった。彼らは今、オランダ国境近くの親戚のところにいるが、これからもそこにとどまるつもりだという。エッゲリングさんたちはもう年金生活をしているので、どうしてもシュリッツで暮らす必要はない。

「それで、あなたたちは？」ヤンナ－ベルタはティナにたずねた。

「移住するの、南米のコロンビアへ。お金を集めるまでしばらく時間がかかるけど。このあいだから、永住するヨーロッパ人は保証金が必要になったのよ。それに旅費もかかるし。だけどコロンビアは被曝者だって受け入れてくれるの」

コロンビア？　ヤンナ－ベルタはかつて、南米をずっと旅してみたいと思っていた時期があった。でも今はシュリッツの丘の上がなつかしくてたまらない。あの太陽いっぱいの家。そして眼下に広がるこぢんまりとした街。城のずんぐりした塔が空にくっきりと輪郭を描き、そのあいだから教会の細い塔がそびえ立っている。シュリッツは世界一美しい街だ。

先を歩いていたグループに追いつくと、すでに警察との応酬が始まっていた。フランスの警察は待ち伏せをして、デモ隊を押し戻そうとしていた。ヤンナ－ベルタはティナと別れ、アルムートとラインハルトを捜した。別れ際にティナは言った。

「もしコロンビアに来るようなことがあったら、手紙で知らせてね！」

しかしヤンナ－ベルタは言った。

「私はシュリッツへ戻るわ」

人をかきわけてやっとアルムートを見つけると、ラインハルトは警察に連行されたという。

彼は夕方になってやっと釈放されてきた。額には擦《す》り傷ができ、ばんそうこうが貼られていた。眉毛《まゆげ》と口ひげには血がこびりついていたし、シャツの袖は破れて左肩からそっくりなくなっていた。アルムートはラインハルトに抱きついた。

「これでも運が良かったほうだ」帰り道、ラインハルトは言った。

デモ隊に四人の死者が出た。フランス人が三人とドイツ人が一人だった。三十人以上が重傷を負ったが、その中には警官たちもいた。聞くところによると、警官隊の中でも激しい衝突があったらしい。デモ隊に向かっていくのを拒否したり、デモを支持しようとした警官たちがいたからだという。

帰りのバスが途中でパンクした。家に帰り着いたのはもう真夜中だった。三人とも空腹でくたくたに疲れきっていた。おばあさんを驚かせないように、ラインハルトは彼女が子どもたちのようすをアルムートに報告している隙《すき》に、後ろをすり抜けて洗面所へ行った。


その三日後、第三汚染地区の立ち入り禁止解除が正式に発表された。期日は九月一日だった。過半数ぎりぎりで、国会で可決されたのだった。新任の環境大臣は、第三地区の汚染度は弱まっており、危険はすでに去ったと発表した。しかしながら帰宅は個人の責任において行ってほしい、と強調した。

このニュースが伝えられたとき、ヤンナ－ベルタはちょうどみんなと一緒にテレビの前に座っていた。テレビはフラウエンシュタインに住む家族が、センターへの寄付だといって持ってきた物で、アルムートはオープンの前日にセンターへ運び込むつもりにしていた。それは以前ならとっくにお払い箱にされたようなおんぼろテレビだった。画面は歪《ゆが》み、上半分は丸まって見えるので、ブラウン管に頭でっかちの政治家の顔が現れると、吹き出さずにはいられなかった。

「実際、奴《やつ》らの額がこんなに広かったら脳みそだってふつうの何倍も詰まってるはずなんだがなあ」パプスは画面を見ながら言った。

「頭が良かったらこんな時期に帰宅許可を出すはずがないじゃない。だって汚染度はまだ、うんと高いはずよ。あんなところへ人を帰すなんて無茶だわ。国民を危険な目にあわせても知らん顔をしてる。何かあったらどうするつもりかしら」

アルムートはすっかり腹を立てていた。

「きっといろんな利益がからんでるんだろう」

ラインハルトが言うとパプスも言った。

「企業の利益さ。それにみんな家や財産のことが気が気じゃないしな」

「ホームシックもあるわ」とおばあさんは言った。そして続けた。

「私は[*14]東プロイセン生まれなの。だから気持ちはよくわかる」


八月は毎日暑い日が続いた。

ラインハルトはある日、大きな布地のロールを持ち帰ると、それを庭に広げた。スローガンを書く横断幕を作るためだった。手伝いの人たちもやってきて、朝から晩まで作業を続けた。みんなは互いに仲良くなり、泊まっていく人もあった。

演壇の後ろに広げる大きな横断幕がほぼ完成した。そこには「いのち万歳！」と書かれていた。庭にはまだたくさんの横断幕が広げられていて、柵《さく》の向こうから近所の子どもたちが物珍しそうにのぞいていたが、彼らにはまだ意味がよくわからないものもあった。たとえば、「死に神に食われてしまうな！」というのは子どもたちには難しかった。

「それでもまだ何も知らなかったと言いはるのか？」とか「各国の被曝者、連帯せよ！」というのはどういう意味かたずねてくる子どもたちもいた。しかし、「くたばれ、政治屋ども！」というのには子どもたちもうなずいた。きっと家でも大人から聞かされているのだろう。

ルートとイルメラは幕のあいだを駆け回ったり、水の入ったバケツの中に足を突っ込んだりしてはしゃいでいた。ヤンナ－ベルタが庭へ出ていくと二人は飛びついてきて、頬《ほお》ずりや抱っこをせがんだ。

ラインハルトは二人のためにブランコをこしらえた。しかしおばあさんに揺すってもらわなくては承知しない。おばあさんは編み物をしながら、二人がブランコの上でこっくりし始めるまで、そばについていてやるのだった。

「こんな風景を見ていると、まるで何もなかったかのような気がするね」

とラインハルトが言った。

「もしそうだったなら、もう一人子どもがここにいてもいいはずね」

アルムートの悲しそうな顔を見て、ヤンナ－ベルタはすかさず言った。

「四人だって五人だっていいわ」

「山も谷も子どもたちで埋まって、その向こうに大人たちが地平線まで続いている」

パプスは言った。

おばあさんも眼鏡をずりあげながら口を開いた。

「未来があることを忘れてはだめね。未来はずーっと雲の向こうまで続いているのだから」

おばあさんの編み棒がカチカチと音をたてた。

「何を編んでるの？」ヤンナ–ベルタは柔らかく白い毛糸に手を触れた。

「今に驚かせてあげるわ」

そう言って、おばあさんは分厚い眼鏡ごしにウィンクをした。

「あなたの物よ」


その夜、ヤンナ–ベルタは両親の夢をみた。二人は長い旅行から帰ってきた。そして三人一緒に玄関前の石段に腰をおろし、夕日が沈むのを見ていた。

ヤンナ–ベルタは両親がどこへ出かけていたのか、必死に思い出そうとしていた。

14　結局は自分のことしか考えていない

　九月の最初の日は木曜日だった。被曝者《ひばくしゃ》センターでは、オープン準備の手伝いに来た人々が玄関ホールに置かれたテレビの前に集まっていた。番組は帰郷のようすを報告するものばかりだった。

　フルダやシュリリュヒター、ローンの小さな村々、コーブルクやバンベルクが映し出された。家に戻った人たちは鍵《かぎ》を取り出してドアを開け、女の人たちはまず台所をチェックするように眺め回した。小さな女の子は歓声をあげながら人形に飛びついた。

　そのなかで、荒れた庭や死体が横たわったままのウサギ小屋などの映像がはさまれたが、その後すぐに平穏なマイン河畔《かはん》の村のシルエットになった。

　ヤンナ－ベルタは爪先《つまさき》立ちで、ときおりテレビをのぞきこんだ。シュリッツも出てくるだろうか？　画面にジンタール村の老婦人が現れた。カメラは彼女が古い木造の家に近づき、震える手で庭木戸を開けるようすを追っていた。顔がアップになった。涙が頬《ほお》をつたっている。レポーターが今のご感想は？　と聞いた。

「すべて元のままです」と彼女は涙ながらに答えた。

それを聞くとヤンナ‐ベルタは甲高い声で笑い出した。びっくりした人たちが彼女のほうをふり向いた。


帰りのバスに揺られながら、ヤンナ‐ベルタはシュリッツのことを考えていた。バスの前の座席には二人の男が座っていて、子どものことを話している。仕事仲間らしかった。話題は娘の*15堅信礼《けんしんれい》のお祝いと息子のアビトゥーアについてだった。ヤンナ‐ベルタには興味のない話だったが二人は大声だったので、いやでも話の内容が聞こえてきた。娘のいる男にはもう一人学生の息子がいて、その息子が悩みの種になっているらしかった。

「息子のガールフレンドがよりにもよってフルダの娘でね。フルダなら間違いなく放射能にやられているはずなんだ」

「何か目に見える徴候はあるのかい？」

「いや、別に病気というわけではないんだ。しかしこの先どんな遺伝障害が出てくるかはわかったもんじゃない。障害はずっと先になって現れるというだろう？　口を酸っぱくして息子に言うんだが、相手にしないんだよ」

「いったん惚《ほ》れちまうとねえ……。でもあんたの言うことは正しいよ。うちの子はまだ女の子とは無縁だがね」

ヤンナ‐ベルタが家に帰ると、ルートが飛びついてきた。

「離してよ」そう言って、ヤンナ‐ベルタはルートの手をふりほどこうとした。ルートは、だれかれかまわずまとわりつく子だった。ヤンナ‐ベルタはつい力を入れすぎたので、ルートははね飛ばされ、大声で泣き始めた。

「おいおいどうした？」

パプスが出てきて驚いたようにヤンナ‐ベルタを見た。ヤンナ‐ベルタは屋根裏部屋に駆け登ると、マットレスに身を投げ出した。


センターのオープン前日には、たくさんの人が集まった。子どもたちもおばあさんと一緒にやってきた。しかし仕事はまだ残っていたし、解決しなければならない問題もたくさんあった。

ヤンナ‐ベルタは椅子《いす》運びを手伝った。庭の芝生に作られた演壇の前には、病人やその付き添い人のための椅子が必要だった。そして、後ろの方には長いテーブルとベンチを用意した。地区ごとに元の住民たちが集まれるようにするためだ。新聞で何度も協力者を募ったので、たくさんの人が力を貸してくれていた。

突然、ヤンナ‐ベルタは目の前にマイケが立っているのに気づいた。フルダで仲良しだったマイケだ。

マイケはヤンナ―ベルタに抱きついてきたが、駐車場で彼女の父が手招きをしていた。

「行かなくちゃ。早くしないとパパはいつも機嫌が悪くなるの」

マイケはあわただしく言った。

「エルマーが死んだわ」ヤンナ―ベルタは言った。

「エルマーが？」マイケは驚いた。そして言った。

「イングリッドも死んだのよ。知らなかった？　私、明日も来るからそのときにまた話すわ！」

そう言うとマイケは駆けだした。

ヤンナ―ベルタは椅子を置いたまま、その場を離れた。どこかだれもいないところで気持ちを落ち着かせたかった。ヤンナ―ベルタを呼ぶイルメラの甲高い声がどこからか聞こえたが、彼女はふり返ろうとしなかった。

「市長が話をしてくれるって！」

アルムートのはずんだ声が開け放った窓から聞こえてきた。

建物の入口は飾りつけの最中だった。通りすぎようとすると、ヤンナ―ベルタはまただれかが名前を呼ぶのを聞いた。しかし彼女は聞こえないふりをした。

ヤンナ＝ベルタは一人になりたかった。イングリッドが死んだなんて！　イングリッドの笑顔が頭に浮かんできた。彼女とはよく、おやつのサンドイッチを取り換えっこしていた。イングリッドのサンドイッチにはいつも分厚いハムやソーセージがはさんであった。ヤンナ＝ベルタのはチーズばかりだった。上等のチーズだったがハムやソーセージのほうがおいしそうに見えた。彼女の家に遊びに行ったこともあった。イングリッドの家族は小さな農場で暮らしていた。

「ヤンナ＝ベルタ！」もう一度彼女を呼ぶ声がした。男の声だった。

彼女は振り返るとラルスだった。あの日、学校からシュリッツまで車に乗せてくれた上級生だ。

ラルスはヤンナ＝ベルタと目を合わせずに握手の手を差し出した。

「おいでよ。両親も向こうのテーブルにいる。ミルトナーさんもいるよ。卓球のトレーナー、知ってるだろ？」

しかし、ヤンナ＝ベルタはためらいがちに言った。

「悪いけど今、時間がないの。叔母《おば》さんを手伝わなくてはいけないから」

「シュリッツのニュース、聞きたいだろ？　昨日、行って来たんだ」ラルスは言った。

やはりシュリッツのことは知りたい。彼女はラルスのあとをついて行った。

ラルスの母はヤンナ＝ベルタの頭を見ると、ぎごちなく笑いかけた。しかし頭から目をそらすことはできないようだった。

「カツラは持っています。でも、かぶらないことにしているんです」

ヤンナ―ベルタは言った。

ラルスの母はけげんな顔をすると、首を横に振りながらミルトナー夫人のほうを向いて言った。

「私だったら、そのままで外に出る勇気はないわ」

ミルトナー夫人はヤンナ―ベルタの手を取り、

「心から同情するわ」と、気の毒そうな顔で言った。

ラルスはヤンナ―ベルタをベンチに座らせると、早口で話し出した。彼らは今、マインツに住んでいる。歯医者さんの家族はベネズエラの親戚のところへ行き、ゾルタウ家は南スペインに持っていた別荘へ移った。そしてトレットナー家はカナダへ移住した。

「トレットナーさんたちは、一番運が良かったのよ」ラルスの母は不満そうに言った。

「コネがあるっていうのは得ね。私たちは三度もカナダ大使館へ行って、交渉したり山のような書類を書いたりしたのよ。でも骨折り損のくたびれ儲《もう》けだった。被曝者は入国させないっていうの。私たちは被曝者じゃないわ。かといってそれを証明する方法もないし」

「シュリッツは今どういう状態なんですか？」ヤンナ−ベルタはたずねた。

「私たちは南アフリカに行くことにしたの。あそこの扱いはまだ良心的よ。被曝していようがいまいが、ドイツ人なら受け入れてくれるの。ミルトナーさんたちも一緒に行くんだけど、三週間後には出発する予定よ」

「それで、シュリッツはどうなんですか？」ヤンナ−ベルタはもう一度言った。

「ヨルダンさんたちはおととい戻っていったし、ハイムバッハさんたちは今朝だった。たいていの人はこの集まりに顔を出してから帰るみたいだけど。でもシュリッツはもう今までのシュリッツじゃないわ。戻るつもりのない人たちもたくさんいるのよ」

彼女は休む暇もなく話し続けた。

今、何万人という人々が西ドイツを離れようとしているという。それは避難民に限ったことではない。そして外国の領事館には毎日のように人々が詰めかけている。まずみんなが行きたがったのはアメリカだった。しかし話にならなかった。その次はカナダだったがそれもだめ。トルコの領事館へ行っても、冗談じゃないと笑い飛ばされた。どこへ行っても同じだった。

ラルスの母は話し出すと止まらなかった。

「だから、今みんなが目指すのは南米。お金さえあれば簡単なの。お金を積めば積むほど早いのよ。うちの主治医さんはケニアへ行ったけど、医者なら私たちなんかよりチャンスは大きいの。ネパールも受け入れに関しては寛容なんだけど、だれがあんな遠くに行くもんですか。でも、ありがたいことに南アフリカをすすめてくれた人がいたの。なぜみんなもっと南アフリカへ行こうとしないのか不思議だわ。気候もいいし、お金を持ってなくても歓迎されるのに」

「シュリッツは？」ヤンナ–ベルタはまた言った。

「それでシュリッツはどうなんです？」

するとラルスの父が横から言った。

「まるでゴーストタウンだ。人がいないから商売もできない。補償金が出るのもずっと先だろうし」

ヤンナ–ベルタは黙っていた。

そのときラルスがたまりかねたように口を開いた。

「いいかげんにしてくれよ！　店が何だっていうんだよ。それにだれが補償するっていうんだ？」

そして彼はヤンナ–ベルタを見ながら言った。

「みんな結局は自分のことしか考えてないんだ。なぜ彼女がこういうことになったのか考えてみたことがあるの？　いったい何を嘆いてるんだよ？　だれが原子力に賛成していた？　うちの明かりが消えると困ると言ってたの、忘れたのかい？」

ラルスの両親はあっけにとられていた。ラルスはヤンナ－ベルタの腕をつかんで外へ出た。

「そういうことだ、ヤンナ－ベルタ。もうとっくに我慢できなくなってたんだ。一緒に来てくれてありがとう」と彼は言った。

「シュリッツのこと、話して」ヤンナ－ベルタは言った。

木の影がラルスの顔の上で揺れていた。彼は大きく深呼吸してから話し出した。

「ぞっとした。遠くから見ると何ひとつ変わったようには見えなかった。城の屋根も塔もそのままだ。でも街に入ると足音が反響するんだ。家の戸口には枯れ葉が積もって、店のシャッターはほとんど閉まったままだった。どこの庭も雑草だらけ。マルクト広場の石畳のあいだにまで草が生えていた。そして、あちこちでネズミが走り回っているんだ」

ヤンナ－ベルタは家のことを知りたかった。しかし、彼女の家は丘の上でラルスの家からはかなり離れている。彼も丘のほうまで行ってはいないだろう。しかし、仮に近くまで行っていたとしても外から何がわかるというのだろう。

ラルスは続けた。

「両親は泥棒のことばかり心配していた。だけど、家も店のほうもなくなった物は何ひとつなかった。電気さえ通じていた。すると両親はさすがドイツだと言って喜んでいたよ」

そして彼はしばらく考えていたが、再び口を開いた。

「でも、いちばん気味が悪かったのは木の葉だ。ふつうなら紅葉するのは十月の終わり頃なのに、もう黄色くなってるんだ。とっくに落葉してしまった木もたくさんあった」

ヤンナ-ベルタは木のてっぺんを見あげた。

「君も一度行ってみるべきだ。でないと落ち着かないだろう?」

ラルスはさらにつけ加えた。

「あんなちっぽけな街に、自分がこれほど愛着を持ってるとは思わなかったよ」

「ありがとう」ヤンナ-ベルタは言った。二人は軽くうなずくと別れた。ヤンナ-ベルタは家族のところへ戻っていくラルスの後ろ姿を見送った。

みんなのところへ戻ると、おばあさんが演壇の前の椅子に座り、そばで子どもたちを遊ばせていた。彼女はヤンナ-ベルタが戻ってきたのを見ると、ふんわりとした毛糸を取り出し、安心して編み物を始めた。編み棒がカチカチと音をたて始めた。

パプスは演壇の裏側で、コードを引いているところだった。ヤンナ-ベルタはパプスのそばにいるとなぜかほっとする。ときおり、パプスは頭を上げてヤンナ-ベルタに笑いかけた。ヤンナ-ベルタも笑い返した。しかし二人ともことばを交わしはしなかった。

夜、家に帰ると、ヤンナ＝ベルタは翌朝シュリッツへ行くつもりだと、みんなに打ち明けた。

アルムートはびっくりして言った。

「汚染地区へ？　そんな急になぜ？　急ぐ必要はないんだからもうしばらく待ちなさい。待っている人はだれもいないのよ」

「家の中はホコリだらけだろう。それに庭の草だって冬が来れば枯れてしまう」

ラインハルトも言った。

そのとおりだった。しかし、ヤンナ＝ベルタはもう待てなかった。

「明日はセンターがオープンするのよ。今まであんなに一生懸命やってきたのに、それも見ないつもり？」

「行かせなさい。行きたがっている者を止めることはできない」パプスは言った。

「でも、きっとまた帰ってくるわね」おばあさんが不安そうに言った。

「まだわからない。今のところは何も約束できない」

「いいんだよ。気をつけて行きなさい。そして、あまりつらいことを考えるんじゃないよ」

パプスは言った。

アルムートは財布の中から百マルク札と小銭を取り出して、ヤンナ‐ベルタに渡した。

「あなたのことだから大丈夫よね」

ヤンナ‐ベルタは、大きな麻のバッグを貸してくれるようアルムートに頼んだ。

その夜遅く、彼女はだれにも気づかれないように、折りたたみ式スコップを袋の中にしまった。それは数日前、物置小屋で見つけたものだった。

翌朝早く、ヤンナ‐ベルタは家を出た。まだみんな寝ている。しかし、物音を聞いたおばあさんが子ども部屋から出てきた。彼女はヤンナ‐ベルタの手に柔らかくて白い毛糸のかたまりを押しつけると言った。

「帽子よ。九月でも朝は冷え込むわ。それに、秋のフルダ谷はよく霧がかかるって話していたでしょ。きっと役に立つと思って」

ヤンナ‐ベルタは帽子をバッグにしまい、おばあさんを抱きしめた。そして、彼女の柔らかい頬にキスをすると、ステキな帽子のお礼を言った。

家を出るとバス停まで坂を駆けおりた。

彼女はヴィスバーデンへ来たときと同じズボンとTシャツを身につけていた。ジャケットのアノラックだけが新しい。それはイルメラとルートの母親のアノラックで、おばあさんが引っ越してきたときにプレゼントされたものだった。

●15　ウリのいる菜の花畑へ

外は小ぬか雨で、ラインの谷は霧に包まれていた。

ヤンナ＝ベルタはアウトバーンの入口に立ち、車が止まってくれるのを待った。幸い二台目の車はカッセル方面に向かうところで、快く彼女を乗せてくれた。運転していたのは女の人だった。彼女はヤンナ＝ベルタの頭に目を向けるなり、自分の妹の苦労話を始めた。その人はザール河畔《かはん》のバートノイシュタットに住んでいて、すべてを失ったという。

「ほんとうに何から何までなくしてしまったのよ！」

そう言って彼女はため息をついた。

「でも生きているのでしょう？」

ヤンナ＝ベルタは言ったが、彼女はそれにも耳を貸さず、一人で話し続けた。相手が聞いていようがいまいがおかまいなしだった。ヤンナ＝ベルタはぼんやりと外を眺めながら聞き流していた。

ギーセン東のインターチェンジで車をおりた。そして次の車を待ちがてら、道端のひまわり畑で大きな花束を作った。ひげ面の学生のフィアットが止まった。運が良かった。彼はベルリンへ向かう途中だった。

ヤンナ—ベルタが以前の第三汚染地区へ行くと言うと、彼はけげんな顔をした。

「そこで用事があるの」

そう言って、ヤンナ—ベルタはバートヘルスフェルトの近くでおろしてくれるように頼んだ。

「考え直したほうがいいんじゃないか？　そんなに大事な用があるとは思えないんだけどな」

学生は言った。

しかし、もう心を決めていた。車が止まるとヤンナ—ベルタはお礼を言っておりた。その拍子にバッグからスコップがすべり落ちた。

彼は驚いてスコップを見つめていたが、やがて視線をヤンナ—ベルタの顔に移した。

「何か掘り出すつもりかい？」

「ある人を埋めに行くの」

「死んだ人はみんなもう埋葬されているよ。特殊部隊が出動して、家畜の死体でさえ片づけられてる」

「だけど菜の花畑まではきっと捜していないわ」

「いったいだれなの？」

「私の弟」

するとは言った。

「もう一度乗りなさい。送ってあげるよ」

彼は窓を閉めて走り出した。二人とも黙ったままだった。

アスバッハの手前で、車を止めてくれるように言った。そしてお礼に花束の中からひまわりの花を一本抜くと彼に渡し、車をおりた。彼は車の向きを変え、もと来た方向へ走り去った。ヤンナ-ベルタは村には寄らず、畑を突っ切った。背丈ほどの高さに生い茂った雑草のあいだに、ひからびたジャガイモの葉が見え隠れしている。

土手まで来るとしばらく立ち止まり、村をふり返った。のどかな風景が広がっていた。しかし、村の木々はすでに葉を落としている。ヤンナ-ベルタは大きく息を吸い込むと、土手の斜面をよじ登った。線路わきにはヤンナ-ベルタの自転車がさびついたままころがっていた。荷台には通学カバンがしばりつけられたままだ。

その向こうには、地平線の半分をおおうように畑が広がっていた。花はとっくに終わり、今は収穫を待つかのようにいっぱいに菜種をつけている。まるで何事もなかったかのようだ。

ヤンナ―ベルタはゆっくりと土手を下り、斜面に倒れたままのウリの自転車に近づいた。プラスチック袋は破れていた。きっと食べ物を探しに来た動物の仕業だろう。雑草の茂った砂利道にはテディベアがころがっていた。テディベアはすっかり汚れて色あせ、車にひかれたのかぺしゃんこになっていた。

ヤンナ―ベルタは花束を頭の上にかかげると畑の中に入った。そして注意深く足もとを探りながら株をかきわけて進んだ。そうやってしばらく時間が過ぎた。

そして――見つけた。

ウリの体の残った部分を草や野菊がおおっていた。もう臭《にお》いはしなかった。

家の鍵《かぎ》は赤い革ひもにつるされたままだ。引っぱるとひもはするりと解《ほど》け、鍵が手のひらにぽとんと落ちた。ヤンナ―ベルタは鍵をポケットにしまうと、バッグからスコップを取り出した。大きな穴を掘る必要はなかった。ある程度の深さまで掘ると、しおれかかったひまわりを穴底に敷き、その上に小さくなったウリを横たえた。そして、そっとテディベアを乗せると土をかけて踏み固めた。何度も強い吐き気に襲われたが、彼女は懸命にこらえた。

作業を終えるとヤンナ―ベルタはスコップを折りたたみ、土手に向かって一目散に駆けた。まるで何かに追われるかのようだった。土手までたどりつくと、息をはずませながら畑をふり返った。どこをどう走ってきたのかわからない。ウリを埋めた場所さえも、もうわからなくなっていた。

膝《ひざ》が震えだした。終わったのだ。ヤンナ―ベルタは体を投げ出すと、地面を背に、しばらく空に浮かぶ雲を見つめていた。平和でのんびりした雲がゆっくりと風に乗っていく。綿のようにふんわりとした雲だった。

ひまわりの上に横たわり、静かな闇《やみ》と冷たい土に包まれたウリ。やっと安心して眠れるね。もうこわがらなくていいよ。

ヤンナ―ベルタの自転車のタイヤはぺしゃんこになっていたが、空気ポンプはまだ使えた。彼女はタイヤに空気を入れ、荷台からカバンをはずすと中も確かめずに放り投げた。そして代わりにスコップを荷台にくくりつけると、自転車を押しながら斜面をおりた。車輪は重く、きしんだ音をたてたが、それでも前に進んだ。

アスバッハの村は物音一つしなかった。道には雨で湿った砂と枯れ葉が積もっていた。家の戸口には、骨が浮き出すほどガリガリにやせた犬が横たわっていた。犬は死んでいるのか眠っているのかわからなかった。交差点まで来ると、焼けただれたバスや車の残骸《ざんがい》が山と積まれていた。あの日、庭を走り抜けようとしたベンツが立ち往生していた場所だが、その後ブルドーザーが片づけに来たのだろう。

ヤンナ―ベルタは交差点を国道62号線へ曲がった。しばらく行くと、車から荷物をおろし、トランクや箱を運び込んでいる家族がいた。二階では、奥さんが窓を開けている。窓から声が聞こえてきた。

「ああ良かった。何もなくなっていないわ。でも、このネズミをどうしたらいいの！」

村はずれから先には、荒れ放題の畑が広がっている。畑はもう刈り取られることはないのだろうか。道路端には車の残骸が放置されたままになっている。

バイアースハウゼンやニーダーアウラでも、人が動いているのが見えた。窓をふいたり掃除に精出している人もいた。お百姓さんらしい人が、雨でどす黒く変色してしまった小麦を前に呆然《ぼうぜん》と立っている。

一人のおじいさんが十二歳ぐらいの男の子と、家畜小屋から豚の死骸《しがい》を引きずり出していた。死体処理隊が見落としたのだろう。

ヤンナ－ベルタがタイヤに空気を入れていると、犬が吠《ほ》えかかった。夏の暑さでゴムがもろくなったのか、空気がどんどん抜けていく。彼女は何度も止まってポンプを押さなければならなかった。

小雨がやんだ。霧の中から幻のようにアウトバーンの橋が浮かびあがった。ときおり、走っていく車が見えた。ほとんどが南へ向かうトラックや、荷物をいっぱいに積んだ乗用車だった。アウトバーンわきの斜面はまるで車の墓場だった。ヤンナ－ベルタがそこへさしかかると、スクラップにされた車のあいだからカラスの群れが一斉に飛び立った。

国道から県道へ折れた。ここからはもうシュリッツの管内だ。この先、ウンターヴェクフルト、オーバーヴェクフルトの村が続く。歩道を掃いているお母さんのそばで、二人の子どもがサッカーをして遊んでいた。農場の入口では、トラクターの下にもぐりこんで修理をしている人がいた。どこからか、キャベツのスープの匂いが漂ってきた。

オーバーヴェクフルトを過ぎたところにある一本の木の下で、自転車を止めた。あの日ここでウリにパンとチーズを食べさせた。そのあいだ、ヤンナ＝ベルタはこの木にもたれてイライラしながら待っていた。その時分、母とカイはまだ生きていたに違いない。ヨーもきっと生きていただろう。しかし父はわからない。もう死んでいたかもしれない。そして祖父母はそんなこととはつゆ知らず、マジョルカ島でのんびりとテラスに座ってコーヒーを飲んでいた。

ヤンナ＝ベルタはポケットの中の鍵をぎゅっと握りしめた。そして、もう一度空気を入れると、再びペダルをこぎ出した。

リムバッハ、クヴェック。このあたりはよく家族でハイキングに来たところだ。父と祖父の趣味は歩くことだった。その点では、二人は意気投合していた。しかしハイキングの途中で政治の話題が出ると、決まって口論が始まった。ところがおいしいキノコでも見つけると、二人は互いに言い争いのことなどすっかり忘れてしまうのだった。

庭の柵《さく》を押しつぶして、大きな木が倒れていた。一人の老人が枝を切り落としているところだった。その反対側では、奥さんらしい人が落ちたリンゴを拾い集めていた。

彼女はヤンナ–ベルタを呼びとめると、どこへ行くのかとたずねた。

「シュリッツへ？　たった一人で？」

彼女は驚いて言った。

「両親は亡くなったんです。でもシュリッツには私たちの家があります」とヤンナ–ベルタは言った。

「どこの娘さんなの？」

彼女はスカーフを結び直しながらたずねた。

「マイネッケです」ヤンナ–ベルタが答えると、彼女は目を見張った。

「マイネッケさん？　あのマイネッケさんが？　――なんということなんでしょう……」

そのとき、ご主人が口をはさんだ。

「マルタ。人類がいい気になりすぎたんだ。神さまより多くのことを知ろうとしたからだ。どこかでブレーキが必要だったんだよ。それが今回の出来事さ」

「あなたは戦争が終わったときも同じことを言ったわ」

「そうさ。しかし、みんなまた忘れちまったんだ。ラルフとレニがモロッコへバカンスへ出かけたときも言ったさ。百姓が六月に留守をするなんてどういうつもりかとね。罰が当たらないはずがない。神への冒瀆《ぼうとく》だ。奴《やつ》らが家畜の放牧をやめてしまったときも同じことを言ってやった。これも神に対する行いではないとね」

「はいはい、そうですよ。あなたはいつも先のことをご存じです。だって、あなたは神さまと親戚ですものね」

そう言うと、彼女はまたヤンナ＝ベルタのほうへ向き直った。

「シュリッツに戻った人はまだわずかよ。私たちもおとといやっと帰ってきたばかりなの。だけど、たいていはちょっとようすを見にきた人ばかりで、また行ってしまうわ。もしシュリッツでだれにも会えなかったら、ここへ戻ってらっしゃい。あとのことはそれから考えればいいわ」

ヤンナ＝ベルタはお礼を言うと、フッツドルフへ向かい、あのとき、ウリと水を飲んだ壕《ほり》まで来た。

彼女は自転車を止め、土で汚れたままだった手を洗った。壕の向こうは丘になっていて、その手前でシュリッツ川はフルダ川に合流していた。

霧が晴れ、少し青空がのぞいた。

以前、このあたりでは牛や羊の子どもたちがゆったりと草を食べていた。しかし、もう動物たちはいない。これから先、畑を耕していく意味が果たしてあるのだろうか？　作物がとれたとしても、食べられるのだろうか？　いったい何人の人たちがここへ戻ってくるのだろう？　もうここに未来はない。残されたのはやせ衰えた大地だけだ。ヤンナ―ベルタはペダルに力をこめた。やがてシュリッツの城と塔のシルエットが見えてきた。

後ろのほうでだれかが呼びとめる声がした。肉屋の女店員の声ではないだろうか？　でも、もう待てなかった。まず家へ帰るのだ。だれも待ってはいないけれど、とにかく自分の目で家を確かめたい。

ヤンナ―ベルタはフッツドルフを走り抜け、シュリッツに入った。人の姿も太陽の光が水たまりに反射するのも見えなかった。そして、かつて駅だった建物の向かい側を折れると、丘にさしかかった。しかし、さびついた自転車は思うように走ってくれない。これで丘を登るのは無理だった。ヤンナ―ベルタは飛びおりると、坂道のわきの塀に自転車を立てかけ、歩き出した。

ゾルタウさんの家はひっそりとしていた。ブラインドもおろされたままだ。玄関口の石段には風で吹き寄せられた小枝が積もり、枯れ葉がカサカサと音をたてている。窓を飾っていたジェラニウムはすっかり枯れている。ヤンナ―ベルタは丘の上を見あげた。とんがり屋根が姿を現した。果物の木や美しい花々に囲まれた懐かしい家が――。

心臓の鼓動が速くなった。

祖母のジェラニウムがなくなっている。しかし、そのほかは何ひとつ変わっていなかった。あとは、この五十一段の階段を駆け登り、いつものように思い切りベルを鳴らすだけだ。するとドアがあいて母が戸口に立っている。「帰ってきたのね」と母は言うのだ。カイが飛びついてくる。ヤンナ－ベルタはカイを抱きあげ、顔じゅうにキスの雨を降らせる。そして「あと、三個！　そしたら終わり！」と言いながら、ジャガイモのおろしカスで汚れた手をしたウリが現れる。居間のほうからは、父のパイプタバコの匂いがしてくる――。

石段を登るのは骨が折れた。やっと半分まで登るとしばらく立ち止まり、石の手すりに寄りかかった。もう心臓が飛び出しそうだった。膝もガクガクしてきた。

祖母は買い物からの帰り、よくそうやってひと息入れていた。ヤンナ－ベルタは先に階段を駆け登り、笑いながら「もう着いたよ！」と言うのだった。

すると祖母は、はるか下方からいつもこう言った。

「あんただって年を取ればこうなるんだから！　今に見てらっしゃい」

ゆっくりと、ヤンナ－ベルタはまた階段を登り出した。やっと着いた。見ると、バルコニーの下には枯れたジェラニウムが積み重ねられている。

おかしい――。ヤンナ－ベルタとウリが家を出たあと、だれかがジェラニウムの手入れをしたのだろうか？　ここはずっと無人だったはずだ。それなら、いったいだれがプランターから枯れたジェラニウムを抜いたのだろう？

希望の光がさしこんだような気がした。それはどんどんふくらみ、胸の鼓動が激しくなった。

すべては間違いだったのだろうか？　誤った情報や勘違いがたまたま重なっただけだったのだろうか？　もしかしたら、パパもママもそしてカイも家にいるのかもしれない。

ヤンナ―ベルタは鍵を取り出し、そっと鍵穴にさしこんだ。

16 ゆっくりと帽子をとって

ヤンナ＝ベルタは耳をそばだてた。しかし人の気配はなかった。ドアを開けたり閉めたりする音も、母や弟たちの足音も聞こえない。そしてパイプの香りの代わりに、よどんだ空気の臭《にお》いがする。外からは腐った葉の臭いが流れ込んできた。

ヤンナ＝ベルタは階段に腰をおろし、頰《ほお》づえをついた。

そのとき、どこかで物音が聞こえた。やはりだれかいるのだ！　祖父母の住まいのある二階から、足音がゆっくりと階段をおりてきた。

祖父の足音だ――もう間違いない！　咳払《せきばら》いまで聞こえる。

「だれかいるのか？」祖父の声が聞こえた。

ヤンナ＝ベルタは立ちあがり、とっさにバッグから帽子を取り出すと頭からすっぽりとかぶった。そして階段を登った。

「私よ」ヤンナ＝ベルタは言った。

祖父は階段の手すりごしに身を乗り出した。細長い、きれいに髭《ひげ》を剃った祖父の顔が現れた。いつものように灰色の髪が額に垂れている。祖父はあまり目が見えなくなっていたが、懸命に目を凝《こ》らした。ヤンナ‐ベルタだと気づいた瞬間、大声で叫んだ。

「ヤンナ‐ベルタ！　ほんとうにおまえだね！」

祖父は階段をおりかけたがまた戻り、上に向かって大声で言った。

「ベルタ、早くおいで！　ヤンナ‐ベルタが帰ってきた！」

すぐに二階の居間のドアが開いて足音が聞こえた。祖母のベルタだ。まず最初に手すりにかけた手が、そして顔が現れた。祖母は階段を駆けおりてきた。

「ああ、ヤンナ、ヤンナね！　あなただけもう帰ってきたのね！」

まず祖父が先だった。彼はヤンナ‐ベルタを抱きしめ、両頬にキスをした。彼女は帽子がすべり落ちないようにしっかりと押さえた。次は祖母の番だった。祖母は祖父を押しのけるようにして抱きついてきた。ヤンナ‐ベルタは体をかがめながら思った。祖母はこんなに小さかっただろうか？　それとも自分の背丈が伸びたのだろうか？

「こんなにやせてしまって」

祖母はヤンナ‐ベルタの頬をやさしくなでながら言った。

「だけど、たいへんな目にあったんですものね。さあいらっしゃい。何かおいしいものでも食べましょう」

ヤンナ‐ベルタは夢を見ているような気がした。

祖父母に従われて、彼女はゆっくりと階段を登った。祖母は祖父の腕にぶらさがるようにしていた。彼らはいつもそうやって階段を登っていた。そして以前と同じように、居間のドアの向こうからコーヒーの匂いがしてきた。

祖母は息をはずませながら言った。

「掃除がすんでいなくてごめんなさいね。客間もおじいさんの書斎もまだなのよ。まだ帰って三日目だから。帰ったときはびっくり仰天よ。信じられないほどの汚れ方だったわ。そこらじゅう、ホコリだらけだし、何よりも臭いのひどかったことといったら！」

「我々は最初だったんだ」祖父は言った。

「マジョルカで第三汚染地区の立ち入り禁止が解除されると聞いてね。もう我慢の限界だったよ。それで、空港に着いたらすぐその足でシュリッツへ戻れるよう、昼間の飛行機を予約した。空港からはタクシーだ。バスや汽車はまだダイヤが元に戻っていなかった。タクシーを待たせて、フランクフルトのスーパーマーケットでまず食料品をひとかかえ買い込んだ。ここじゃ店が元通りになるにはまだまだ時間がかかるだろうと思ったんでね」

「もうマジョルカはたくさんよ」と祖母は口をはさんだ。

「それに家のことも気になった」祖父はさらに続けた。

「なんだか、あの事故のせいで世の中がすっかり狂ってしまったようだな。秩序も乱れているらしい。だから警察にまかせるよりも、ここへ戻って自分たちで家を守ったほうがいいだろうと思ったんだよ」

「バルコニーでコーヒーにしましょう。太陽も出たし、この季節ならすぐに暖かくなるわ」

祖母は言った。

「今日はケーキがあるんだよ。おばあさんの手作りだ」祖父はにんまりして言った。「おじいさんはすぐに庭の手入れを始めてくれてね。一日だって辛抱できなかったのよ。階段は草ぼうぼう！　あなたも見たらきっとびっくりしたわよ。裏の藪《やぶ》は伸び放題だし、花壇もひどいことになってたわ」

祖父は椅子《いす》を並べ、いつものテーブルクロスを広げた。ヤンナ＝ベルタはバルコニーの手すりにもたれ、街を見おろした。シュリッツの街は太陽の光に包まれて、ひっそりと静まりかえっていた。

歩いている人がちらほら見える。車も一台、二台と走っている。道路は枯れ葉が積もったままで、まだらもようになっていた。黄色く変色した葉が光を反射している。しかしほとんどはすでに落葉した木ばかりだ。

「あの日はね――」ヤンナ＝ベルタはゆっくりと話し始めた。

「しっ」

祖母はヤンナ-ベルタをさえぎると、恐ろしそうに手を振った。

「私は何も聞きたくないよ。もうすんだことはいいの。それよりだれも災難にあわなくてほんとうによかったわ。ありがたく思わないとね」

祖父は言った。

「フランクフルトの空港からすぐヘルガに電話したら、みんな無事だし病院にいる者たちもじきに退院できるだろうと言ってたよ」

「ええ、そうね」ヤンナ-ベルタは静かに言った。

確かにそれは嘘《うそ》ではない。みんな無事でいることには間違いない。そう、今はとても安全なところにいる。

「まあ良かった、良かった」そう言って祖父はテーブルについた。

「もうすぐみんなに会えるんだし。子どもたちもまた大きくなっただろう。でもマジョルカにひとことぐらい挨拶《あいさつ》をよこしても良かったんじゃないかね。葉書一枚書けないほどの重病でもあるまいに」

しかし、祖母はなだめるように言った。

「どんなショックを受けたかを忘れてはいけませんよ。ここでも、かなりの大騒ぎだったんでしょうから」

祖母はしばらくして、さらにまくしたてるような口調で言った。

「それにしても、その原発がそんなに危険だとは予知できなかったのかしら?」

祖父も何か言おうとしたが、ヤンナ—ベルタは我慢できずに言った。

「パパとママがあれほど言っていたじゃない?」

彼女は身を乗り出して祖母の答えを待った。すると祖父が口を開いた。

「私が思うには——」

祖母がさえぎった。

「やめましょう、あなた。まずコーヒーにしましょう。それから政治談議をすればいいわ」

「政治談議」——祖母がよく使っていたことばだった。

祖母にとって政治は、サッカーや切手集め、クロスワードパズルなど、毒にも薬にもならないくだらない趣味と同列で、彼女は少々軽蔑《けいべつ》をこめて言うのだった。この「政治談議」ということばは、いつも両親を激怒させた。

祖母も腰をおろした。テーブルはきれいにセットされていた。シュトロイゼルクーヘンは焼きたての香ばしい匂いがする。何ひとつ欠けている物はない。ケーキに乗せるホイップクリームまであった。古き良き時代のご馳走《ちそう》だ。

アルムートやヘルガの家では、クリームもシュトロイゼルクーヘンもなかった。コーヒーには粉ミルクが精いっぱいだった。

「おかけなさい、ヤンナ＝ベルタ」

祖母は言った。相変わらずやさしい笑顔だ。

「今日、こうやって三人でコーヒーが飲めるなんて。あら、でも正確には三人でコーヒーじゃないわね。ヤンナ＝ベルタは今までどおりココアよ。あなたの年だとまだコーヒーは体に毒だからね」

祖母はヤンナ＝ベルタのほうに手をのばし、カップにココアをついでくれた。ヤンナ＝ベルタは浅く椅子に腰かけていた。いつでも立ちあがれるように——。

「ひとつ聞くがね。なぜココを連れていかなかったんだい？」祖父が言った。

祖父はできるだけ責め口調にならないよう努めているようだった。

「帰ってくると、ココがオリの中で餓死していた。かわいそうに。少なくとも逃がしてやってくれればよかった。しかし、なぜ置いていったんだい？」

「忘れてたの」ヤンナ＝ベルタは言った。

「忘れた？」祖父と祖母は同時に言った。そして、驚いたようにヤンナ＝ベルタを見つめた。

「私、泣いたのよ」祖母は言った。

ヤンナ＝ベルタは黙っていた。

「まあ、いいさ。せっかくの午後なんだから、そんなことで気まずくするにはもったいない。それにすんだことは仕方がないさ」

しばらく会話がとぎれた。ヤンナ＝ベルタはテーブルクロスの花もように視線をとめたまま、ウリのことを考えた。聞こえるのはスプーンがカップにあたるかすかな音と、ケーキのまわりを飛び回る蜂《はち》の羽音だけだった。


「帽子を取りなさい、ヤンナ＝ベルタ」と祖父が言った。

ヤンナ＝ベルタは首を横に振ると、ケーキに手をのばした。彼女は朝からまだ何も食べていなかった。朝食さえもとっていなかったのだ。彼女はケーキをお腹《なか》に詰め込んだ。これも古き良き時代の味がした。しかし、ケーキの材料もすべて汚染されているに違いない。それでもヤンナ＝ベルタは食べた。もう考えても仕方がない。

「ヤンナ＝ベルタ、帽子だよ。帽子」祖父はもう一度言った。

「まだかぶったままじゃないか」

「そのままにさせておきなさいよ」

祖母は祖父に向かって言うと、ヤンナ＝ベルタのほうに向き直った。

「自分で編んだ物はだれでも自慢したいわよね。とても素敵な帽子だわ。ね、あなたもそう思わない？」

「色が気にいらんな。遠くから見たら、白髪のおばあさんのように見える。特に、そうやって髪を全部中に入れていると」と祖父は言った。

祖母はヤンナ＝ベルタの腕に手を置き、うなずきながら言った。

「私は気に入ってるわ。ちょうど色がよく似合ってる。それに――」

祖母はまた祖父のほうを向いた。

「この子もたいへんな目にあったんだってことを忘れてはならないわ」

「しかし、それにしてもだ」

祖父は言いながら、音をたててカップを皿に置いた。

「騒ぎすぎだ。不必要なまでの騒ぎ方だ。ドイツ・ヒステリーだよ。ここはグラーフェンハインフェルトから九十、いや百キロも離れているっていうのに、あわてて住民全員を追い出してしまった。工場を止め、家畜も死なせ、作物も台なしにしてしまった。私には理解できんね。お腹に子どものいる女の人と子どもたちだけを一、二週間ほど避難させれば十分だったんだよ。ロシア人たちがやったようにね。チェルノブイリの事故で、対処の仕方は学んだはずだろう？」

ヤンナ＝ベルタは口を開きかけた。しかし祖母のほうが先だった。

「でもね、あなた。今回の事故ではチェルノブイリの九倍もの放射能が放出されたっていうじゃないの」

祖母はいつものように小指をピンと立ててカップを取り、おいしそうにコーヒーを飲んだ。

祖父は言った。

「なんとでも言えるさ。しかし、チェルノブイリのときにみんながどれほどヒステリックになったか思い出してみなさい。今回も同じだ。原発反対論者にとっては事故がどんなに大きくても大きすぎることはないんだ。それに社会改良論者や緑の連中。あいつらは我々を石器時代へ戻そうとしているんだ」

ヤンナ―ベルタはまた、病院の壁際の棚に置かれていた石の人形たちを思い出した。石があれば――手にすっぽりと収まるような石があれば――。彼女はあたりを見回した。けれど、バルコニーには石はひとつも落ちていない。木切れひとつ見当たらない。

ココアのポットに彼女の視線がとまった。彼女はポットに手をのばし、持ちあげた――。

「まだ熱いでしょ。さあ、たっぷり飲みなさいね」祖母がやさしい笑顔で言った。

ヤンナ―ベルタはポットをおろした。いや、そんなことはしちゃいけない。

「新聞にはたくさんの人が亡くなったと書いてあったわ」祖母は祖父に言った。

祖父は不機嫌そうに言った。

「新聞を読んだのかい？　もちろん、原発の近くではそうだったに違いない。それと交通パニックのせいで――」

「一万八千人と出ていたわ」祖母は言った。

すると祖父は怒ったように言った。

「じゃあ、説明しよう」祖父はあたかも聴衆の前で演説するかのように話し出した。「知らせなくてもいいことまでマスコミに知らせたのがそもそもの間違いだった。連中はなんでも大げさに書きたてる。そんなことさえしなければ、こんなヒステリーが生じることもないし、誇張やプロパガンダにまどわされることもなかった。そこらのおばさんたちが、原子炉の内側のことやレムだのベクレルだのについて知る必要がどこにある？　結局はなんにもわかりっこないんだ。それに世界中に死者の数を言いふらして何になる？　今回のことで、また西ドイツの評判はガタ落ちだ。昔なら、こんな大騒ぎになる前に物事を処理できた立派な政治家がいたものだ。今回も政治家たちが内密にしてさえすれば、きっとシュリッツでも事故のことなんか全く気づかないですんだに違いないし、鼻を突っ込むマスコミの連中もいなかっただろうに」

祖母は聞きながら、横でうなずいていた。

ひとしきり話し終えると、祖父はひと息ついた。

ヤンナ－ベルタはゆっくりと帽子を取った。そして祖父母をまっすぐに見すえると、あの日からのことを話し始めた。

注

＊1　ABC警報　ドイツではABC兵器（A＝atomar　核兵器、B＝biologisch　細菌兵器、C＝chemisch　化学兵器）による攻撃に対する警報がすでに定められている。
＊2　レム　人間の浴びた放射線量を、人体への効果を考えて表すときに用いる単位。
＊3　ベクレル　原子が一秒間にこわれて出る放射能の量。
＊4　スリーマイル島　一九七九年三月二十八日、米国ペンシルベニア州のスリーマイル島原発で冷却装置の故障のため原子炉が高温高圧状態になり、大規模な放射能もれ事故が起こった。
＊5　緑の人々　日本では「緑の党」と呼ばれているが、反核、反原発、環境保護などを唱えるドイツのグループ、"Die Grünen"の正式名称。
＊6　聖霊降臨祭　キリスト教で、キリストの復活後五十日目に弟子たちの上に聖霊が降臨したのを祝う祭り。
＊7〜10　この部分はドイツ政府当局の災害措置案をもとにしたものである。
＊11　フォールアウト　核爆発で上空高く噴き上げられた死の灰（核分裂によってできた放射性物質）が風や大気の流れにのって拡散し、地上に降ってくること。
＊12　兵役拒否者　ドイツでは一般に十八歳以上の男子に兵役が義務づけられているが、正当な理由を述べ面接を受けるなどの手続きをした上で兵役を拒否し、そのかわりに病院や老人ケアなど福祉的な仕事をすることもできる。
＊13　アビトゥーア　高等学校（ギムナジウム）卒業試験。ドイツではこれがそのまま大学入学資格試験となる
＊14　東プロイセン　シュレジア地方などとともに一九四五年までドイツ領だった地方。現在はロシア領とポーランド領になっている。戦後何十万人ものドイツ人が本国へ引き揚げてきた。
＊15　堅信礼　キリスト教の洗礼を受けた者が、信仰を確かなものとして思春期に改めて宣言する成人儀礼。

訳者あとがき　十九年目の『みえない雲』

チェルノブイリ原発事故が起こった一九八六年四月二十六日、私はドイツのテレビチームと関西地方で長期取材中でした。事故が伝えられた朝、テレビのニュースを見ていたスタッフの一人が、内容はよくわからなかったがソ連（当時）の原発で何かあったようだと、あわてた様子で英字新聞を探しにホテルのロビーに降りてきました。それからの数日家族をハンブルクに残してきた彼らはとても落ち着かない様子で、朝になると新聞にもっと新しい情報が出ていないかと何度もたずねにきたり、今の季節の風向きは東だ、いや西だとしきりに話しているのです。

正直なところ、当時の私には彼らがなぜそんなにまで神経質になるのか、よくわかりませんでした。最初に異常な放射能値が検出されたのはスウェーデンだったとはいえ、事故が起こったのはウクライナでした。ハンブルクは千キロ以上も離れているのになぜだろうと、不思議に思ったのです。

その二、三週間後、スタッフの一人の奥さんが日本にやってきて、事故が伝えられた直後のハンブルクでのようすを話してくれました。

「買い物に行くととても困ったわ。いえ、品物がないわけじゃないの。いつものように牛乳も野菜も並んでいるんだけど、何が安全で何が危険なのかわからないのよ。いっそモノがなければあきらめもつくんだけど、私たちは迷うだけ。参考にできる情報もまったくなかったの」

「パン屋へ行くと、小学生ぐらいの男の子がおつかいに来ていて、これは『あと』のかな、それとも『さき』のかなってつぶやきながらパンの前で考えているのよ」

その後、時間の経過とともに、断片的でありましたが、私たちのもとにもさまざまな情報が届けられるようになりました。

地表や水、そして大気の汚染は、ヨーロッパどころか遠く離れたこの日本にまで及んできました。しかし私たちにしてみれば、微量の放射能は人体に影響がないと聞かされると、それを信じるほかありませんでした。やがて、ほとぼりもさめたかのように思われた頃、土壌や川に残留した放射能が、穀物や牧草を食べる家畜から作られる乳製品や肉などの食品をさらに汚染し、それらは貿易を通じて日本まで運ばれてきました。

第二次汚染から第三次汚染へと、放射能は時間と空間という二つの枠をこえて、想像以上に広範囲の影響をもたらす結果になりました。

恥ずかしいことですが、ここまできてやっと、当初はピンとこなかった私にも事の重大さがわかってきました。私の頭の中でぼんやりと点灯していた豆電球が、いきなり百ワットの明るい電球に転じたようなものでした。

＊

作者のG・パウゼヴァングさんは、チェルノブイリ事故が起こる直前まで、このテーマで作品を書くことなど夢にも思っていなかったそうです。しかし、人々は日々報じられるニュースを聞くうちに不安に陥り、農家の人々は汚染されたおそれのある農作物を廃棄せざるを得なくなりました。当時小学校の教師だった彼女は、子どもたちが砂場でも遊べず芝生にすわることもできないことに、何よりも心を痛めました。

もしこれが千五百キロも離れた場所ではなく、ドイツのど真ん中で起こったとしたら、いったいどんなことになるのだろう？　考えただけでもぞっとしました。この事故を教訓とし警告を発するために、パウゼヴァングさんはこの作品を書こうと思い立ったのだといいます。

『みえない雲』（原題：Die Wolke）がドイツで発表されたのは、事故があった翌年の一九八七年初めでした。私は原本を手にするとすぐに翻訳作業に取りかかり、その年中に日本語版を出版することができました。当時、日本でのこの本への反響は、決して小さいものではありませんでした。日本でもチェルノブイリ事故のインパクトは大きく、程度の差はあれ、さまざまなニュースが伝えられていたからです。日本語版『みえない雲』も数度版を重ね、私たちが原発について考える契機のひとつとなりました。

そして、チェルノブイリ事故から二十年目にあたる今年、ドイツで『みえない雲』が映画化、一般公開されました。舞台や物語の展開はほぼそのままですが、原作では主人公ヤンナ－ベルタとその家族が中心に据えられていたのに対して、映画ではボーイフレンドも登場させてラブストーリーの要素も取り入れ、主人公と同世代の人たちにもアピールしやすいように作られていました。とはいえ、この作品が持つメッセージはきちんと正しく伝わっていたと思います。幸い映画は日本でも公開される運びになり、十九年という歳月を経たのち、文庫版のかたちでこの作品を再び世に出せることになりました。

何年かぶりに改めて読み返すと、やはり最後の部分は圧巻でした。たった数週間のあいだに地獄を見るほどの体験をしたヤンナ－ベルタが、なにも知らなかった（知ろうとしない）祖父母と対峙《たいじ》するあの場面です。怒りや感情が噴き出すのを抑えたやりとりは、静かでありながらも圧倒的な迫力を持っています。昔、自分自身が翻訳した文章だというのに、私はそのシーンにひきこまれて胸が熱くなるという不思議な気持ちを味わいました。

＊

この二十年のあいだには政治体制においても原発をめぐる状況にも、さまざまな変化がありました。まず、東ドイツと西ドイツはひとつの国に統一されて「ドイツ」になりました。逆に「ソ連」は分解し、そこからたくさんの国が独立しました。ヨーロッパに限っては、もはやかつての冷戦の構図はなく、核の脅威の存在は他の地域に移っています。

原子力発電に関しては、ドイツと日本は対照的な方向に向かっています。ドイツが歩もうとしているのは脱原発への道です。ドイツでの最後の原発建設は一九八六年。一九八九年以降の新規運転はありません。二〇〇〇年、ドイツ連邦議会は国内十九基すべての原発を約二十年をめどに廃止する法案を可決しました。一方の日本では原発政策はさらに進められ、二十年前には三十四基だった原子炉は現在五十四基にまで増え、全国十七の発電所で原子力発電が行われています。二〇〇五年十月に原子力委員会が決定した「原子力政策大綱」は「二〇三〇年以降も総発電量の三十％〜四十％、あるいはそれ以上を原子力発電が担うことを目指す」としています。

一時盛り上がりを見せた反原発運動は下火になったものの、ドイツは将来的に原発を撤廃する意向であるというニュースを聞いていただけに、チェルノブイリ二十年の節目とはいえ、いまドイツでこの作品が映画化されたことは少々意外でした。しかし現時点のドイツではまだ原発が稼働しているのも事実です。二〇〇五年に、社民党（ＳＰＤ）からキリスト教民主同盟（ＣＤＵ）とキリスト教社会同盟（ＣＳＵ）の保守連立政党に政権が移ったことから、あるいは政策転換もありうるかと思われましたが、今のところそういう動きはありません。それは、ドイツの世論調査によれば国民の七十〜八十％が原子力エネルギーに反対していることが、大きな理由のひとつとなっているようです。

このように「変わったこと」がたくさんある中で、「変わらないこと」もあります。原子力発電には、使用済み燃料の処理法や核燃料サイクル計画が明確にならないまま見切り発車してしまった部分があります。今もなお解決していない問題が山積みになっていることに、私たちは漠然とした不安を持っています。その不安や疑問は依然として取り払われていません。

チェルノブイリ事故のあと、あれほどの規模で広範囲に被曝《ひばく》被害をもたらすような大事故は幸いにも起こっていません。しかし、日本では一九九九年九月に茨城県東海村のウラン加工工場で臨界事故が起きて二人が死亡、周辺住民にも避難要請がありました。また二〇〇四年八月、福井県美浜町の美浜原発で高温の蒸気が噴出して死傷事故が起こりました。これらの事故は私たちの記憶にも新しいものです。

さらに、ここ十年ほどのあいだには原発関連の事故そのものではないにせよ、原発をめぐる不安を大きく増長するような出来事がありました。

ひとつは一九九五年に起きた阪神・淡路大震災です。私たちはこの大地震で、高速道路が倒壊し、多くの建物が崩れ落ちたり、消火活動もできないまま火災が広がるという甚大な被害を目にしました。六千人以上もの死者、数万人にのぼる負傷者という規模の災害を目にして、これは本当にいまの時代の日本で起きている出来事だろうかと、私は信じられない思いでした。淡路島を震源とする地震は、まったく思いがけないものでした。しかし、日本の原発の中には地盤の弱い海岸に建っていたり、また大地震が予想される震源の近くに建っているものもあります。万一、大地震によって原発そのものが破損して放射能が漏れだしたりした場合、次に行われるべき救助や避難には、通常の地震災害の場合と違ってさまざまな制約があります。世界有数の地震国である日本に多くの原発が存在するという事実は、あの大震災について見聞きした私たちにとって、不安の種であることは否めません。

もうひとつは二〇〇一年九月十一日の同時多発テロです。これによって、原発がテロ攻撃の標的となる危険性があることがわかりました。もし、原発が空から攻撃されたら？　その場合、果たして完全な防御は可能でしょうか？　だれがどんな理由で攻撃しようとも、壊滅的被害を受けることは明らかです。

このような大惨事のほかに、近年では二〇〇四年暮れのスマトラ沖地震による大津波や、二〇〇五年アメリカ南部を襲った巨大ハリケーンは、これまた想定外の人的物的被害をもたらしました。

テロは別にしても、これらはすべて人間の力の限界、特に自然の前の無力さを再認識させられる出来事でした。人間が今持っている知恵や技術をもって立ち向かったとしても、コントロールできないものがある――そんなことを私たちは今一度認識する必要があるように思います。

＊

人間だけではなく、すべての動物にはみんな死にたくない、生きたいという本能があります。だれも常に危険を感じながら生きていたくはありません。

ところが、いまの時代は、いまだかつてなかったような規模で自然が破壊され、地球上の命が脅かされる準備が進んでいます。それなのに、私たちのあいだには、できればいやなことは考えたくない、恐ろしいものは見たくないという傾向が強まっています。でも「怖い」とか「死にたくない」という感覚を失ってしまってはいけないと思います。本当はこんな時こそ、鈍感でいてはなりません。いったん立ち止まって、できるだけの想像力を働かせてみることが必要です。

一九七九年に起きたアメリカのスリーマイル島事故、チェルノブイリ事故のあと、さまざまな記録やドキュメンタリー映画、原発事故に警告を発する書物が出版されています。それらに比べると、この『みえない雲』は、単なるフィクションにすぎないと言われればそうかもしれません。

しかし、私たちとおなじような日常を送っていたドイツの一家族の生活が、原発事故によって破壊されていくようすをたどることは、このような出来事を自分の身近にひきつけ、日本での「万一」を想像するための手がかりとなります。そんなとき、だれもがまず単純に、「こわい」「いやだ」という感覚を持つでしょう。まず、この「感じる」ことがスタートです。

つぎは「知ること」です。今は昔に比べると、かなり自由に情報が手にはいる時代になりました。とはいえ、ヤンナ－ベルタのおじいさんが言うように、伝えなくてもいい情報、知らなくてもいい情報は切り捨てればいいと考えている人たちもいるのです。しかし、民主主義の世の中には、何かをしたり行ったりする権利が存在すると同時に、義務も存在します。その中には、知る権利と知らなければならない義務もあります。社会の一員として、自分が暮らすこの国で身の回りに何が起こっているか知ることは大切なことです。この本の冒頭に「何も知らなかったとはもう言えない」という副題が記されているように、「知らない」ことや「知ろうとしない」ことには大きな責任があります。自由であればあるほど、ひとりひとり個人の責任が問われるのですが、これは原発問題に限らず、さまざまなことについても言えるでしょう。

ところが、そこには落とし穴も難題もあります。情報化時代と言われるようになって久しい現在、新聞、テレビ、携帯電話はもう当たり前です。今までなら百科事典や図書館に出かけなければわからなかったことがらも、インターネットを使えば簡単に調べがつきます。「知る」という行為に関しては、本当に自由で便利になりました。たとえばインターネットで「原発」について調べてみると、膨大な件数の情報が目にとびこんできます。そこでは、原発の危険性を強調するもの、安全性を説くもの、データ、地域の運動、原子力に携わる企業による広報もあれば、個人の意見もあり、さまざまな立場の人がさまざまな考えを発信しています。実に玉石混淆《こんこう》、千差万別。この情報の洪水の中から、何を取捨選択するかは各々《おのおの》の判断にゆだねられています。「知る自由」とはなんと難しいものでしょう!

さらに必要になってくるのが「考える」ことです。原発はすでに使われています。私は日々生活する中でさまざまな電気機器を使っていますし、電気を使う冷暖房なしではつらいものがあります。ところが、火力や水力発電で作られた電気はいるけれど、原発で作られた電気はいらないと言うわけにはいきません。私たちはもう、暮らしの中に原発を受け入れてしまっています。大規模な事故が起これば、私たちは被害者であると同時に、それに加担する側でもあるのです。

暮らしに身近であり、すでに使っているということを考えると、核兵器、核実験反対と叫ぶようなわけにはいきません。しかし、身近にあるからこそ、日々の暮らしの中で原発について考えられるとも言えます。

資源は無限ではありませんから、エネルギー問題はこれからの人類にとって非常に大きなテーマです。だからといって、みんなが研究開発に携わることはできません。しかし、使う側の立場に立ってこの今の快適な生活をどこまで維持することができるのか、生活の中でどんな節電をすることでどんな生活ができるのか、あるいはしたいのかを、家族で考えたり話しあったりすることはできます。また、そもそも原発とはいったいどういうものなのか、電力はどのようなしくみの中で作られ送られてくるのかを知り、使用済み燃料の処理法や貯蔵法などが完全に明らかになっていないのに、なぜ原発がさらに建設されていくのか考えることもできるでしょう。

環境破壊の恐ろしさを五感で感じ、周囲で起こっている出来事について知り、それがなぜなのか、自分に何ができるのかを考えること。私たちはそこから何かを始められるのではないかと思います。

＊

『みえない雲』が発表された三年前に、私は同じG・パウゼヴァングさんの作品である『最後の子どもたち』（原題：Die letzten Kinder von Schewenborn）（小学館刊）を翻訳出版していました。これは当時東西冷戦状態の中で、日々核を意識しながら暮らしていた当時の西ドイツの人々のもとに原爆が落とされ、生き残った一人の少年がそれから四年後までの生活を語っていくという近未来小説です。是非ご本人に会って話を聞きたいと思った私は、この小説の舞台になっている中部ドイツの小さな町シュリッツで暮らすパウゼヴァングさんを訪ねました。一九八四年春のことでした。そのとき、こんなお話をされたのがとても印象に残っています。

「私は教師として、また一人の息子の母親として、今もこれからの時代に対しても強い不安を抱いています。今日の親たちは国から子どもを人質に取られているともいえる状態です。私もなにかをしなくてはと思うのですが、政治活動や演説は苦手です。それなら小説家という自分の現在の立場から発言することで、時代を真剣に考える手助けができればと思っています」

チェルノブイリ事故をきっかけにこの作品に取りかかったという彼女は、ことさら組織の中にかかわって政治の場に出て行かなくても、自分の日常の中で小説というかたちで「語り伝えること」を選択し、実行に移したのです。

＊

前作の『最後の子どもたち』も『みえない雲』も本来、青少年向けに書かれた本でした。しかしドイツでも日本でも、読者は若い人にとどまらず教師や親たちへと広がり、多くの人に読まれました。本を読んだ子どもたちから「お父さん、お母さんはどう思うの？」と身近な大人に問いかけられた時は、大人も子どもたちと正面から向きあって答えを返すべきです。つまり若い世代から大人世代への問題提起をすることが彼女のねらいだったのです。でもパウゼヴァングさんは、このようなことも言われました。

「正直いって、私はもう大人にはあまり期待はしていないのですよ。だって私たちの世代は戦争や言論の自由がなかった時代を経験しているというのに、昔のことをできるだけ忘れたいと思っています。いやなことを頭の隅に追いやってしまいたい、物言わぬ大人が増えているのです」と。

ところが『みえない雲』を読んでみると、大人にはもう期待しないといいながらも、パウゼヴァングさんはまだあきらめてはいません。

　主人公のヤンナ−ベルタは十四歳から十五歳という多感な年頃の少女です。その彼女が迷い、揺れ動きながらさまざまなことを体験していくとき、どんな大人と出会うかはとても重要な意味を持っています。両親はついに最後まで姿を現しませんが、ヤンナ−ベルタは繰り返し両親のことばを思い出しながら行動していきます。大人たちの中にはエゴのかたまりのような人たちもいれば、自分自身が悩み苦しみながらもヤンナ−ベルタの力になり勇気づけようとする魅力的な人たちも登場します。隣にどんな大人がいるかによって彼女は変わっていきます。つまり、そばにいる大人の考えや行動が問われているのです。さまざまな大人を登場させたのは、やはり作者パウゼヴァングさんの大人への期待の現れではないでしょうか。

　同時に、彼女は若者たちに対しても悲観的ではありません。二〇〇五年秋、映画化に際してのインタビューではこんな話をしています。

「若い人たちを過小評価してはいけません。彼らは決して大人の言いなりにはなっていませんし、大人が思っているよりもずっと確かな判断力を持っています。いざという時には、正しい判断をしてくれると私は思います」

　パウゼヴァングさんがどんな悲劇を描いても、作品にどこか希望と救いを感じられる理由のひとつは、彼女のこんな姿勢かもしれません。

この十九年のあいだに私自身も子どもを持つ親となり、自分が考えたこと、見聞きしたこと、学んだことを次の世代へを語り伝えることの重要性を考えるようになりました。私はこの作品も、若い人にはもちろん、たくさんの大人に読まれることを願っています。本を読んだ若い世代はこのテーマについて身近なところにいる大人に問いかけてほしいし、その逆もまた同じです。どちらかが信号を出し、どちらかがそれをキャッチするようなやりとりが、お互いの理解と信頼のもとに行われれば、この作品はもうひとつ大きな役割を果たすことでしょう。

*

この長いあとがきのしめくくりとして、『最後の子どもたち』から一部を引用しておきたいと思います。この中での核戦争や核兵器ということばを原発事故、原発と置き換えても、この一説はとても重要な意味を持っているからです。

「たとえぼくが父さんや大人の人たちを責めたところで何ひとつ変わりはしない。核戦争の起きる前の数年間、人類を滅ぼす準備が進んでいくのを大人たちが何もせずおとなしく見ていたこと、また、核兵器があるからこそ平和のバランスが保てるんだと飽きもせず主張していたこと、そしてほかの人もそうだったけど、心地良さと快適な暮らしだけを求めて、危険が忍び寄るのに気づきながらも直視しようとしなかったことなど――いまさらなぜと問いつめたところで何もならないのだ」

最後になりましたが、十九年前もそして今回も、この本を世に出すために力を貸してくださった多くの方々に心からお礼を申し上げます。

二〇〇六年十月

高田ゆみ子

そして、二十四年目の「みえない雲」

二〇一一年三月十一日の大地震と大津波襲来後に起きた東京電力福島第一原子力発電所の事故は、発生から三ヶ月になろうとしている現在もいまだ収束していません。原発近くの避難地域では校庭から子どもたちの姿が消え、春が来ても田畑は手つかずのまま、人影の見えない町は時間が止まったかのようです。福島ではこの小説に描かれたような事態が今も進行中です。二十四年前にこの作品の翻訳に取り組んでいた時も、また五年前の映画化を機に文庫として出版した時も、私の中には「まさか」という気持ちがありました。同時に、こんなことが現実にはあってはいけないと強く思っていました。しかし原発事故は実際に起こりました。

この間、自分はいったい何をしてきたのだろう？　忘れていたのだろうか？　原発事故への不安を心に留めていたつもりでも、時間の経過とともに意識は薄れてしまっていたのです。私は「忘れることを忘れてはならない」と改めて思いました。記憶と意識は常に更新する必要があるのです。

一九八七年に発表されたのち、百五十万部のベストセラーとなったこの作品は一九八八年にドイツ児童文学賞を受賞しました。現在第十四版まで版を重ね、二〇一〇年にはコミック版も出版されています。ドイツやベルギーの小中学校では教材として使われ、親子二世代で読んだという家庭も少なくありません。この作品が二十四年間こうして読み継がれて世論形成に大きな影響を与えたことと、両国の政府が世論に後押しされるかたちで脱原発を決めたことは無関係ではないように思います。

現実は容赦ありません。あれだけのことが起こったいま、「三・一一後」の私たちは一度立ち止まって、福島の「みえない雲」と向き合いながら自分たちの今の暮らしやエネルギーについて真剣に考える時期に来ています。いま学ばなくてどうするのでしょう？　大切な人たちに、このような思いをさせないために。

高田ゆみ子

二〇一一年六月

クラーク・アンド・ディヴィジョン

平原直美　芹澤恵／訳

1944年、父母とともに強制収容所を出てシカゴに着いた日系二世のアキ・イトウは、一足先に新生活を始めていた姉の死を知らされ、真相を求めて奔走する……。戦時下の日系人の知られざる歴史を掘り起こした傑作ミステリー。

―本書のプロフィール―

本書は一九八七年十二月に小社より刊行された『見えない雲』に加筆修正を加え、文庫化したものです。

小学館文庫

みえない雲《くも》

著者　グードルン・パウゼヴァング
訳者　高田《たかだ》ゆみ子《こ》

二〇〇六年十二月一日　初版第一刷発行
二〇二四年八月五日　第九刷発行

発行人　庄野　樹
発行所　株式会社　小学館
〒一〇一-八〇〇一
東京都千代田区一ッ橋二-三-一
電話　編集〇三-三二三〇-五七二〇
　　　販売〇三-五二八一-三五五五
印刷・製本――大日本印刷株式会社

ISBN4-09-408131-3